성철─누더기 한 벌과 몽당 색연필

서연비람은 조선 시대 왕궁 내, 강론의 자리였던 서연(書筵)에서 강관(講官)이 왕세자에게 가르치던 경전의 요지를 수집하여 기록한 책(비람備覽)을 말합니다. 서연비람 출판사는 민주주의 국가의 주인인 시민들 역시 지속 가능한 과거와 현재, 미래의 이치를 깨우치고 체현해야 한다는 믿음으로 엄선한 도서를 발간합니다.

역사와 문학 비람북스 인물 시리즈

성철-누더기 한 벌과 몽당 색연필

초판 1쇄 2023년 7월 14일
지은이 공광규
편집주간 김종성
편집장 이상기
펴낸이 윤진성
펴낸곳 서연비람
등록 2016년 6월 29일 제 2016-000147호
주소 서울시 강남구 남부순환로 2909, 201-2호
전자주소 birambooks@daum.net

ⓒ 공광규 2023, Printed in Korea.

ISBN 979-11-89171-53-7 44810
ISBN 979-11-89171-26-1 (세트)

값 9,800원

역사와 문학

비람북스 인물시리즈

성철

누더기 한 벌과 몽당 색연필

공광규 지음

서연비람

차례

머리말

성철 스님은 살아계실 때 청소년이나 어른 할 것 없이 일상이 늘 걱정으로 꽉 차있거나 번잡한 사람들을 위로하는 말씀을 많이 남기셨습니다. 종교를 떠나 평생 사람들이 살아가는 데 도움이 되는 좋은 말씀들을 통해 항상 맑고 바른 마음을 가지도록 가르쳐 주었습니다. 뿐만 아니라, 청소년과 어린이들에게는 좋은 친구이자 할아버지였습니다.

필자는 월간《대중불교》기자로 잠시 일할 때인 1988년 해인사에서 처음이자 마지막으로 성철 스님을 한 번 뵌 적이 있습니다. 해인사 고암 스님 영결식과 다비식을 취재하러 갔을 때였는데, 천진한 얼굴과 크고 깊은 눈이 인상적인 분이었습니다. 영결식에 온 많은 사람들이 스님 앞으로 몰려가서 합장을 하며 존경을 표하는 것을 보았습니다.

필자는 부산에서 고등학교를 다닐 때부터 가까운 해인사에 여러 번 갔었습니다. 절이 궁금해서 혼자서도 가고, 여럿이 함께 소풍을 가기도 했습니다. 1993년 스님께서 해인사에서 돌아가시기 4일 전에도 문학기행을 같이 간 문우들과 해인사 아랫마을에 있는 여관에서 이야기를 나누며 밤을 지새운 기억이 있습니다. 그해 11월 1일에는 해인사에서 첫눈을 맞으며 붉은 나뭇잎이 우수수 지는 모습을 보고 서울로 올라왔습니다. 그리고 3일 뒤인 11월 4일에 스님께서 입적하셨다는 소식을 언론을 통해 알게 되었습니다.

이 글은 성철 스님이 돌아가시기 전에 지금은 없어진 재능출판사에서 냈었습니다. 스님이 돌아가시고 10년 뒤에도 다른 출판사 요청으로 어린이를 좋아하셨던 스님을 기억하고자 그 뒤의 이야기를 덧붙이고 다듬어서 다시 쓰기도 했습니다.

돌아가신 지 30년이 되는 해입니다. 다시 성철 스님 이야기를 소설로 쓰게 되어 몸은 바쁘지만 마음은 기쁩니다. 이 소설을 통해 우리나라가 어렵고 가난했을 때 소중한 민족문화의 하나인 불교를 바로 세우고, 사람들의 마음을 바로 잡아보려고 노력한 스님의 자취를 조금이나마 알게 되었으면 합니다.

〈역사와 문학 비람북스 인물 시리즈〉의 한 권으로 출간되는 『성철_누더기 한 벌과 몽당 색연필』이 청소년은 물론 어른들에게 조금이나마 맑고 깨끗한 정신의 선물이 되었으면 합니다. 아울러 성철 스님에 대한 글들을 먼저 남기신 모든

분들께 감사드리고, 많은 부분 앞선 글들을 공경하는 마음
으로 조심스럽게 참고하였음을 밝힙니다.

2023년 5월
광화문에서 공광규

1부

1. 다들 너무 걱정하지 마라

어른은 물론 청소년과 어린이까지 필요 이그리고 상으로 너무 많은 걱정과 고민을 하고 삽니다. 돈 걱정, 시험 걱정, 친구와 관계를 걱정하며 스트레스를 받고 우울한 일상을 삽니다. 이런 사람들을 위해 성철 스님은 어둠 속의 횃불 같은 말씀을 많이 남기셨습니다. 그 가운데 하나가 '다들 너무 걱정하지 마라'입니다.

어느 날 한 어머니가 고등학교 교복을 입은 아들의 손을 끌고 스님을 찾아왔습니다. 아들은 침울한 얼굴빛에 스트레스로 여드름이 덕지덕지 나고 걱정이 가득 깃들어 있었습니다. 어머니 역시 걱정이 많은지 얼굴에 그늘이 져 있었습니다. 웃어본 지가 오랜 된 얼굴이었습니다. 아들과 어머니가 삼배를 하고 자리에 앉자마자 성철 스님은 이렇게 말했습니다.

"다들 너무 걱정하지 마라."

스님은 엄마가 교복을 입은 아들 손을 끌고 방에 들어오는 표정을 보고 무슨 걱정거리 때문에 찾아왔는지 알아차

렸습니다. 어머니와 아들이 성철 스님을 찾아오는 경우가
자주 있었기 때문입니다. 물어보나 마나 시험에 대한 걱정
과 미래에 대한 불안이었습니다.

"걱정할 것이면 딱 두 가지만 걱정해라.

지금 아픈가?

안 아픈가?

안 아프면 걱정하지 말고,

아프면 두 가지만 걱정해라.

나을 병인가?

안 나을 병인가?

나을 병이면 걱정하지 말고,

안 나을 병이면 두 가지만 걱정해라.

죽을 병인가?

안 죽을 병인가?

안 죽을 병이면 걱정하지 말고,

죽을 병이면 두 가지만 걱정해라.

천국에 갈 것 같은가?

지옥에 갈 것 같은가?

천국에 갈 것 같으면 걱정하지 말고,

지옥에 갈 것 같으면 지옥 갈 사람이 무슨 걱정이냐?"

어머니는 스님의 말씀을 잘 알아들었다는 듯 얼굴이 환해졌습니다. 어머니는 스님께 다시 세 번 절을 하더니, 아들의 손을 잡고 스님의 방을 나갔습니다. 아들도 얼굴이 환해져 어머니의 뒤를 따라 나갔습니다.

　성철 스님의 '다들 너무 걱정하지 마라'는 지나간 과거나 오지도 않은 미래를 너무 걱정하지 말고 슬기롭게 현재를 이겨나가라는 뜻입니다. 이 말은 여러 사람들의 공감 속에서 많은 사람들의 가슴을 지금까지 울리고 있습니다. 말과 말을 통해서, 인터넷을 통해서, 스마트폰을 통해서 계속 사람들에게 옮겨지고 있습니다.

2. 아이들 마음이 부처의 마음이다

어른에서 청소년까지 많은 사람들의 걱정과 고민을 말로 치유해주는 성철 스님은 어린이들의 친구였습니다.

암자에 작약과 영산홍이 피는 어느 초여름이었습니다. 스님은 마치 사람이 살지 않는 것처럼 조용한 백련암 마당을 홀로 거닐고 있었습니다. 그때 부모님들의 손을 잡은 어린이들이 참새처럼 재잘거리며 백련암 마당으로 몰려왔습니다. 스님은 자비롭게 웃으며 놀고 있는 어린이들에게 달려갔습니다. 그러자 어린이 서너 명이 우르르 스님에게 뛰어왔습니다.

어린이들은 반가운 친구를 만난 듯이 성철 스님에게 장난을 쳤습니다. 스님도 크게 웃으며 어린이들의 장난을 받아주었습니다. 부모님들은 그 모습을 보고 환하게 웃었습니다. 스님이 어린이들을 좋아하고 자비롭게 대해준다는 것을 알고 있었기 때문입니다.

여든 살 가까운 스님이 아이들의 눈높이에 맞춰 놀아 주자 아이들은 신이 났습니다. 그런데 갑자기 한 아이가 장난

스럽게 섬돌 위에 서 있는 스님을 슬쩍 밀었습니다.

"쿵!"

순식간의 일이라 스님은 손쓸 틈도 없이 꽤 높은 섬돌 아래로 떨어졌습니다. 이때 스님은 팔을 크게 다쳤습니다. 그런 일이 일어난 후 젊은 스님들은 성철 스님 곁에 어린이들이 가까이 가지 못하도록 막았습니다. 그러자 성철 스님은 오히려 젊은 스님들은 큰 소리로 꾸짖었습니다.

"아이들의 마음은 곧 천진한 부처님 마음이야. 어른들은 어린이들의 마음을 배워야 해, 알겠느냐? 내 몸 다친 건 다 내 잘못이야. 어린이들이 나에게 찾아오는 것을 막지 말아라."

이 정도로 가야산 호랑이로 불리던 성철 스님은 어린이를 무척 좋아했습니다. 그 이유를 어린이들은 마음이 천진하여 생각나는 대로 숨김없이 자기를 표현하기 때문이라고 했습니다.

스님은 어린이들이 부모님을 따라 산에 오면 꼭 불러서 과일이나 과자를 주었습니다. 꼬마 친구들을 만나면 스님은 신바람이 났고, 언제나 짓궂은 장난을 걸며 친구가 되어 주었습니다. 과자를 먹고 있는 어린이의 볼을 꼬집거나 머리에 꿀밤을 먹이고는 어린이가 '아~앙!' 하고 울면, 다시

달래느라 안간힘을 쓰시는 모습이 여간 천진해 보이는 것이 아니었습니다.

좀 큰 아이들은 스님에게 대들기도 했습니다. 스님이 머리를 쥐어박으면 저도 스님의 머리를 쥐어박으려고 팔짝팔짝 뛰었습니다. 스님이 엉덩이를 차면 저도 엉덩이를 차려고 씩씩거리며 달려들었다. 이렇게 장난을 치며 놀다가도 또 어린이들에게 재미있는 이야기를 해 주기도 했습니다.

이렇게 성철 스님은 아주 많은 어린이 친구들을 가지고 있었고, 항상 어린이를 천진한 부처님이라고 하며 좋아했습니다. 어른들에게도 언제나 어린이를 부처님으로 모셔야 한다고 말했습니다. 온 세상 어른들이 어린이를 부처님으로 모셔 아끼고 사랑하는 마음으로 가득하길 바란다고 했습니다.

3. 산속에 핀 연꽃, 백련암

경상북도 합천군 가야산에는 해인사라는 큰절이 있습니다. 여러 스님들이 함께 배우며 머무는 큰절이어서 총림1이라고 부르기도 합니다. 총림은 많은 스님들이 모인 곳을 나무가 우거진 수풀에 비유한 말입니다. 큰절에 딸린 조그만 절을 암자라고 하는데, 해인사에는 여러 개의 암자가 산속 이곳저곳에 박혀 있습니다. 그 가운데 하나가 백련암입니다.

가야산 중턱에 하얀 연꽃이 피어 있는 것처럼 앉아 있는 백련암은 사백여 년 전에 지은 작은 암자입니다. 이 암자에 가려면 해인사에서 가파른 고갯길을 한참 걸어 올라가야 합니다. 사람들은 힘든 오르막길임에도 불구하고 이곳에 사는 스님의 말씀을 들으려고 이 암자를 찾았습니다.

---

1 총림(叢林): 강원(講院)·선원(禪院)·율원(律院)을 갖춘 종합 도량. 가장 높은 어른을 방장(方丈)이라 함.

안개가 피어오를 때 골짜기가 더욱 깊어 보이는 이 산길은 여름에는 나무와 풀이 매우 푸르고 울창하며, 숲에서 불어오는 바람과 온갖 산새 소리가 어우러져 기분을 상쾌하게 해 줍니다. 산새들은 자유롭게 날아다니고 숲속에서는 다람쥐가 까만 눈을 말똥거리면서 지나가는 사람을 쳐다보기도 합니다.

눈보라가 몰아치는 겨울에는 앙상한 나뭇가지와 마른 풀들이 춥다고 우우우 웁니다. 그러나 산에서 나는 대나무인 산죽은 겨울 눈 속에서도 파란 잎을 서로 부딪치며 깔깔대기도 합니다. 이런 길을 한참 걸어가면 구름 가운데 홀로 서 있는 바위 봉우리 하나를 만날 수 있습니다.

이 바위 봉우리를 보고 있으면, 조선시대 함허2 스님이 지은 시 한 구절이 생각납니다.

    가다가 문득
    머리를 들어 보니

---

2 함허(涵虛, 1376년~1433년): 조선시대 전기의 승려이다. 법명은 기화(己和)이다. 함허(涵虛)는 당호이다. 속성은 유(劉)씨이다. 『원각경소』·『금강경오가해설의』·『함허화상어록』 등을 저술했다.

구름 가운데

산 뼈 하나 서 있구나

    산꼭대기 바위 봉우리를 뼈로 비유한 것이 이곳의 풍경
과 느낌에 꼭 맞는 시입니다. 이 바위 봉우리를 보고 산이
내뿜는 향기를 온몸으로 마시며 다시 한참을 걷다 보면 어
디선가 맑은소리가 들려옵니다. 그 소리를 따라 걸어가면
고풍스럽게 앉아 있는 기와지붕이 보입니다. 이 암자가 바
로 백련암입니다.

    암자에 가까이 다가가면 더욱 크고 맑게 들리는 이 소리
는 지붕 네 귀퉁이 추녀 끝에 매달린 풍경이 내는 소리입니
다. 풍경은 놋쇠로 만든 붕어 모양의 작은 경쇠로, 처마 밑
에 달아놓으면 바람이 부는 대로 흔들리며 맑은 종소리를
냅니다.

    백련암은 다른 절처럼 여러 가지 색깔인 단청으로 기둥
이나 천장 같은 곳에 그림이나 무늬를 그리지 않았습니다.
그래서 마치 푸른 산속에 하얀 연꽃이 피어 있는 것같이 단
아한 모습입니다.

    암자 뜰에 서 있으면 새들이 지저귀는 소리가 들립니다.
어떤 때는 삑삑삑 하고 우는, 뺨과 머리가 장밋빛인 아름다

운 새들을 볼 수도 있습니다. 솔 씨나 잣 씨를 쪼아 먹기에 알맞은 부리를 가진 솔잣새도 있습니다. 봄에는 화사한 목련 꽃망울이 터지는 모습을 볼 수 있으며, 초여름에는 수국이 핀 나무 앞에서 스님이 계신 방문을 바라볼 수도 있습니다.

4. 나는 아무것도 모르는 산사람이다

스님이 머무는 깊은 푸른 산속 암자의 방은 세 평 정도로 작고 낡았습니다. 방 안에는 오래된 책상과 방석 몇 개가 놓여 있을 뿐 아무것도 없는 아주 초라한 방입니다. 스님은 이곳 암자에 머물다가 스님들의 집중 수련 기간 때만 해인사 법당3인 조사전에 내려갑니다. 여러 스님에게 부처님 말씀을 가르치기 때문입니다.

스님은 이 방에서 찾아오는 사람이 있으면 문을 열어 주었습니다. 어떤 때는 방 안에 계시면서도 아무도 없다며 사람들과의 만남을 거절하기도 했습니다.

어느 날, 꽤 높은 관리가 스님을 만나려고 찾아왔습니다. 그 관리는 성철 스님이 아무나 잘 만나주지 않는다는 소문을 듣고 다른 젊은 스님을 앞장세웠습니다. 두 사람은 방문

---

3 법당(法堂): 불상(佛像)을 모시고 설법도 하는 절의 정당(正堂). 법전(法殿).

밖에서 스님을 불렀습니다.

"스님, 계십니까?"

분명히 섬돌 위에 스님의 신발이 놓여 있는데도 방 안에서는 대답이 없었습니다. 두 사람은 서로 번갈아 가며 여러 번 불러도 대답이 없자, 무슨 일이 일어난 게 아닐까 하여 방문을 활짝 열었습니다. 그러자 방 안에 있던 스님은 돌아보지도 않고 큰 소리로 말했습니다.

"방 안에 아무도 없다."

두 사람은 어리둥절하여 방문을 닫고 물러 나왔습니다.

백련암에 오르던 한 신도가 산책하는 성철 스님을 만났습니다. 신도는 스님께 합장하며 안부를 물었습니다.

"스님, 요즘은 어떻게 지내십니까?"

스님도 공손히 두 손을 모아 합장하며 대답했습니다.

"나는 본래 산속에 있는 사람이야. 산이 변하지 않으니 늘 흰 구름만 자유롭게 오가는 것을 보면서 살지."

그냥 자연 속에서 자연과 벗하며 사는 신선과 같은 스님의 대답이었습니다. 신도는 스님이 대답을 해 주시자 부처님의 진리에 대해 아는 체하며 자꾸 귀찮게 물었습니다. 그러자 스님은 이렇게 대답했습니다.

"나는 푸른 산이나 바라보고 흰 구름이나 쳐다보면서 사는, 아무것도 모르는 산사람이야."

신도가 계속 질문을 하자 스님은 입을 다물었습니다.

사실 성철 스님은 아무것도 모르는 산사람이 아닙니다. 오히려 세상의 이치를 누구보다 더 많이 잘 알고 있는 분이었습니다. 스님은 한때 세상의 이치를 깨닫기 위해 16년 동안 날것만 드셨고, 10년 동안 눕지 않고 수행하셨습니다.

산속에서만 살기에 세상 물정을 모르는 스님일 것이라고 생각하는 것은 큰 오해입니다. 혼자서 프랑스어, 영어, 독일어, 일본어, 중국어를 공부하여 자유롭게 외국책을 읽고, 스님을 찾아오는 외국 사람들과 대화를 나누기도 했습니다. 외국 잡지도 정기적으로 읽어 지구 위에서 일어나는 사건들을 속속들이 다 알고 있었습니다.

또 물리학, 심리학, 심령과학에도 많은 관심을 가지고 있어서 찾아오는 사람들에게 재미있는 과학 이야기를 들려주었습니다. 불교 얘기를 하면서 원자폭탄을 발명한 아인슈타인 얘기도 곁들이고, 유령이나 영혼에 관한 얘기도 매우 흥미진진하게 하였습니다.

5. 바느질을 하는 스님

　성철 스님은 입고, 먹고, 머무는 것들에 욕심을 내지 않았습니다. 다만 맑고 바르게 깨우치려고 수행할 뿐이었습니다.

　어느 날, 어떤 사람이 스님을 찾아와 물었습니다.

　"스님, 요즘 어떻게 지내십니까?"

　"나는 해가 뜨는지 달이 뜨는지 그런 것은 모르고 산다. 배가 고프면 밥 한 숟갈 뜨고, 피곤하면 자는 것이 내 하루의 일이다."

　그러나 성철 스님은 대답처럼 아무 때나 자고, 먹고, 일어나지 않았습니다. 스님은 항상 밤 10시 이후에 잠자리에 들어 새벽 2시에 일어났습니다. 그리고 하루도 빠지지 않고 새벽마다 부처님 앞에 나아가 108번 절을 했습니다.

　그런데 스님이 보기에 젊은 스님들은 잠을 너무 많이 자는 것 같았습니다. 스님은 젊은 스님들이 자고 있는 방으로 뛰어 들어가 곡괭이로 방바닥을 꽉 내리찍었습니다. 그러자 한 스님이 불평했습니다.

"스님, 무슨 이유로 곡괭이로 저희의 방을 찍는 것입니까?"

성철 스님은 큰 소리로 나무랐습니다.

"젊은 사람들이 잠만 자면 언제 공부해?"

그리고는 젊은 스님들을 모아 놓고 다음과 같이 말했습니다.

"옷은 떨어진 것을 모아 몸을 가릴 정도면 된다. 세상 사람과 같이 잘 먹고, 잘 입으려면 집을 떠나서 출가할 필요가 어디 있겠느냐? 음식은 영양 부족이 안 될 정도면 되고, 머무는 곳은 바람과 비를 가려 병이 안 날 정도면 된다. 조금이라도 사치한 마음을 가져서는 안 된다."

젊은 스님들이 대답했습니다.

"큰스님, 알겠습니다. 잠을 줄이고 공부에 더욱 열중하겠습니다."

성철 스님은 말을 이었습니다.

"중이 음식을 잘 먹기 시작하고, 옷을 잘 입기 시작하면 수행하기 어렵다. 수행자는 스스로 음식과 옷을 늘 험하게 대해야 한다. 신도들이 절이나 스님에게 바치는 시주를 독이 강한 독물처럼 생각하고, 하루 세 번 먹는 밥도 그들의 피땀으로 이루어진 것임을 잊지 말아야 한다."

스님은 소매가 넓고 긴 장삼과 그 위에 걸치는 가사는 물론 이불, 요, 홑이불까지 모두 광목에 먹물을 들인 것을 사용했습니다. 옷이나 양말은 모두 너덜너덜해질 정도로 사용하여 항상 누더기 옷을 입고 있었습니다. 오래 입으면서 자꾸 깁다 보니 그렇게 된 것입니다.

　또 절대 남의 신세를 지지 않고, 스스로 빨래와 바느질을 하여 바느질 솜씨도 보통이 아니었습니다.

6. 가난부터 배워라

스님이 드시는 음식에는 소금을 넣지 않았습니다. 반찬은 주로 기름만 넣은 콩조림, 삶은 당근, 간을 전혀 하지 않은 시금치, 버섯, 산나물, 솔잎 가루 등이었습니다.

스님은 산에 들어가 중이 된 지 5년째 되던 후부터 16년 동안 줄곧 솔잎 가루와 쌀가루만 먹고 지냈습니다. 오랫동안 음식을 익히지 않고 생식을 한 스님은 영양 부족으로 손톱이 물렁물렁해지고 발톱이 휘고 이빨 사이가 저절로 벌어졌습니다. 그런데도 10년 동안 자리에 눕거나 벽에 몸을 기대지 않고 앉아서 생활했습니다.

어떤 스님은 성철 스님이 과연 소문대로 앉아서만 생활하는지 의심했습니다. 그래서 사실을 확인하려고 성철 스님이 머무는 방의 문구멍을 뚫고 몰래 엿보았습니다. 그런데 정말 스님은 아무도 없는 방 안에서조차 자세를 조금도 흐트러뜨리지 않고 바르게 앉아 있었습니다.

1981년 한 해가 저물 무렵, 법정 스님이 백련암을 찾았습니다. 성철 스님이 밥 한 공기, 콩 조금, 김 몇 쪽, 양배추, 당근 조금이 식사의 전부인 것을 보고 까닭을 물었습니다.

　"스님, 그렇게 드셔도 됩니까?"

　"내가 먹는 것을 보고 다들 그렇게 묻는데, 식사에만 그런 것이 아니다. 출가하여 수도를 하면서 내 스스로 결심한 것들이 있다."

　"그것이 무엇입니까?"

　"수도를 하려면 가난부터 배워야 하는 것이다. 생활하려면 먹고 입고 자는 것이 근본인데, 나는 어떠한 일이 있더라도 부자 모습을 안 하기로 했다. 그래서 겨울에는 광목옷, 여름에는 삼베옷을 벗어난 적이 없다."

　"그래도 건강은 생각하셔야지요."

　"사람이 안 먹으면 못 살지만, 음식에 사람이 먹히면 그 또한 어찌 되겠는가?"

　스님은 참된 수행4을 하려면 최저의 생활로 최고의 노력을 해야 한다며, 스스로 생활 속에서 실천했습니다. 찾아오는 사람들에게 늘 검소하게 살고 절약할 것을 가르쳤습니다. 성냥 통 하나도 화약 종이가 반질반질해져서 불이 안 켜질 때까지 썼으며, 휴지도 부드럽고 비싼 것은 쓰지 않았습니다.

스님은 공부하는 중은 검소하게 살아야 한다면서, 제자들에게 중국의 조주 스님 이야기를 가끔 해주었습니다. 성철 스님이 가장 좋아한다는 조주 스님은 778년에 태어나 876년까지 살았던 중국 당나라 때의 스님입니다. 조주 스님은 나이 80세가 되어서도 검소하고 엄격하기 이를 데 없었다고 합니다.

어느 날, 조주 스님이 앉아서 수행할 때 쓰는 의자 다리 하나가 부러졌습니다. 제자들이 새 의자를 만들어 드리려고 했으나 조주 스님은 허락하지 않았습니다. 그리고는 타다 남은 장작개비를 주워다 묶어서 다시 썼다고 합니다.

이 말은 들은 법정 스님은 나중에 부엌 장작으로 의자를 투박하게 만들어 쓰는 무소유의 검소한 삶을 실천했습니다. 그 의자는 지금도 법정 스님의 위패를 모신 서울 성북동 길상사에 가면 볼 수가 있습니다.

---

4 수행(修行): ① 행실·학문 따위를 닦음. ② 불도(佛道)에 힘씀.

7. 화려한 겉모습보다 정신이 건강해야

성철 스님이 머무는 백련암은 전혀 화려하지 않습니다. 무슨 치장이나 장식을 하는 일이 없기 때문입니다. 스님이 출가[5]하고부터 큰 절에 머물지 않고 토굴이나 조그만 암자를 찾아다닌 이유도 거기에 있습니다.

스님이 큰절에 머물지 않는 것은 사람이 북적이는 곳 보다 조용한 데 있기 위해서입니다. 이런 스님의 생활 방식 때문에 스님이 머물렀던 백련암은 단청이 되어 있지 않습니다.

옛날 건물의 벽이나 기둥, 천장 같은 데에 연꽃이나 구름 무늬 같은 여러 가지 그림을 그려 넣는 것을 단청이라고 합니다. 단청은 빨간색과 파란색을 주로 사용하므로 화려하기 그지없습니다. 습기나 바람, 벌레들로부터 건물을 보존할 수 있어서 나무로 된 절에는 대부분 단청이 되어 있습니다.

---

5 출가(出家): ① 집을 떠나감. 출문(出門). ② 세속의 집을 떠나 불문(佛門)에 듦. 출세(出世).

어느 날, 신도들이 스님의 허락만 떨어지면 단청을 할 생각으로 스님에게 물었습니다.

"스님, 왜 단청을 안 하십니까?"

"단청한 집에 살기 싫어서 그렇다."

"치장이나 장식을 싫어하시는 스님의 뜻은 알겠으나, 단청을 하셔야 합니다. 단청을 해야 집이 오래갑니다."

"20년을 살 집이 10년밖에 안 간다 해도, 나는 단청 안하고 10년 가는 집에서 살겠다."

실제 성철 스님은 나이보다 10년이나 더 건강하고 젊어 보였습니다. 그렇다고 건강관리를 위해 특별한 운동을 하는 것은 아닙니다. 새벽마다 부처님 앞에 108번 절을 올리는 것과, 마른 수건으로 몸을 문지르고 하루에 한 차례씩 산책하는 정도였습니다.

사람들이 많은 나이에도 불구하고 건강한 이유를 물으면, 스님은 정신 때문이라고 대답했습니다. 정신이 건강하면 몸도 건강한 법이라고 하였습니다. 스님은 정신적으로 모든 것을 쉬고 있다고 하였습니다.

이 말은 곧 모든 것에 욕심을 부리지 않고 마을을 편하게 가진다는 뜻입니다. 무엇이든 갖고 싶은 생각이 마음에 들어 있으면 아무리 잘 먹고 잘 자도 소용없다고 하였습니다. 생각을 쉬고 사는 것이 건강을 지키는 것이라고 사람들에게 가르쳤습니다.

2부

1. 청년 이영주

성철 스님은 1912년 경상남도 산청군 단성면 묵곡리에서 태어났습니다. 아버지 이상언, 어머니 강상봉 사이에서 장남으로 태어났으며, 스님이 되기 전의 이름은 이영주입니다. 소년 이영주가 태어난 묵곡리는 진주에서 단성면 소재지와 함양 쪽으로 가다가 지리산으로 휘어지는 길을 따라 10여 분을 가다 보면 나타나는 마을입니다.

우리나라에 처음 목화씨를 전한 문익점 선생의 기념 공원이 있는 마을과도 아주 가까우며, 서쪽으로는 지리산 자락이 겹겹이 보이고 길 안쪽에 진주 남강의 지류가 고요히 흐르는 작은 마을입니다.

스님이 태어나고 살았던 집은 수년 전만 해도 전부 무너져 내려 무성한 잡풀 속에 묻혀 있었습니다. 남은 것이라고는 무너지다 만 흙담과 그을음이 묻어 있는 돌뿐이었습니다. 그러나 스님이 돌아가신 후에 그 자리에 겁외사라는 절을 지었습니다.

어린 시절부터 신동으로 소문났던 소년 이영주는 묵곡리

에서 멀지 않은 진주고등보통학교를 다녔습니다. 고등보통학교는 옛날에 있었던 학교 제도입니다. 지금의 초등학교 격인 보통학교를 졸업한 학생들이 갈 수 있었던 곳으로 5년제 남자 중학교입니다. 고등보통학교를 마친 이영주는 철학 공부에 뜻을 두었으나 생각했던 것과는 달리 공부가 마음에 맞지 않았습니다.

그는 산다는 것은 무엇이며 왜 사는가, 우주는 어떻게 만들어졌으며 끝이 있는가, 없는가 하는 것들에 의문을 가졌습니다. 많은 책을 찾아 읽으며 생각했지만, 도대체 해답이 풀리지 않았습니다.

그러던 어느 날, 산청군 삼장면 평촌리에 있는 대원사 주지인 오산 스님을 우연히 만났습니다. 오산 스님은 모스크바대학을 나온 학식이 높은 분이었습니다. 두 사람은 오랜 시간 많은 대화를 나누었습니다. 오산 스님은 이영주의 학문이 높고 풍부한 지식에 감탄하여 대원사로 초청했습니다.

며칠 후 이영주는 대원사로 갔습니다. 대원사에서 며칠을 쉬던 그는 어느 날 비어 있는 큰 방에 들어갔습니다. 방안을 두리번거리다가 우연히 선반 위에 놓여 있는 책 한 권을 보았습니다. 오랫동안 손길이 닿지 않아 먼지를 뒤집어쓴 오래된 책이었습니다.

'무슨 책일까?'

그는 무심코 손을 뻗어 책을 들었습니다. 먼지가 풀풀 날렸습니다. 밖에 나와 먼지를 털어 내니 표지에 『서장』이라고 적혀 있는 것이 보였습니다. 중국 대혜 선사의 편지를 모은 책입니다. 그 책을 읽는 이영주의 가슴은 말할 수 없는 흥분으로 떨렸습니다.

'세상에 이런 가르침이 있다니?'

그는 마음에 무언가 와닿는 느낌을 받았습니다. 그때부터 불교책들을 찾아 읽기 시작했습니다. 특히 606년에 죽은 중국의 승찬 스님이 지은 『신심명』과 당나라 영가 스님이 지은 『증도가』를 읽고는 캄캄한 밤중에 횃불을 만난 듯한 큰 감동을 받았습니다.

그는 이 두 책을 거의 외우다시피 했습니다. 이영주의 이러한 모습을 본 오산 스님은 크게 놀랐습니다. 그리고 그가 불교와 인연이 있음을 알고 집을 나와 스님이 될 것을 권했습니다.

그러나 이영주는 쉽게 대답하지 못했습니다. 이미 결혼을 했기 때문입니다. 얼마 전 덕산 남산골에 사는 처녀와 결혼한 이영주는 오산 스님의 권유를 받아들일 수가 없었습니다. 스님이 되려면 조용히 불도를 닦으며 참선을 하는 스님이 되어야지, 오산 스님처럼 부인과 자식을 거느린 대처승은 되고 싶지 않았던 것입니다.

오산 스님은 해인사에 주지 회의를 하러 갔다가 동산 스님을 만나 이영주 얘기를 했습니다. 동산 스님은 당시 해인사에서 제자들을 가르치고 있었습니다. 그는 오산 스님의 얘기를 듣고는 청년 이영주가 크게 불도를 닦을 사람임을 알고 고개를 끄덕였습니다.

며칠 후 이영주는 동산 스님을 찾아갔습니다. 동산 스님은 한눈에 그의 자질을 알아보고 제자로 삼았습니다. 이렇게 해서 청년 이영주는 참선을 하며 구름과 물이 흐르듯 정처 없이 떠도는 삶을 시작했습니다. 그의 나이 스물다섯 살인 1936년 3월의 일입니다.

2. 일하지 않으면 먹지도 말라

　해인사에서 불자의 길로 들어선 성철 스님은 그해 하동산 스님을 따라 부산에 있는 범어사로 갔습니다. 솔바람 소리와 대나무 부딪치는 소리를 들으며 그해 여름과 겨울 그리고 이듬해 여름을 범어사 금어선원과 원효암에서 보냈습니다. 그리고 겨울은 양산 통도사에 딸린 백련암에서 보냈습니다.

　스님은 다시 범어사 내원암과 통도사 백련암에서 한 해를 보낸 다음 멀리 경상북도 영천의 은해사 운부암에서 수행에 열중했습니다. 하루는 함께 공부하던 같은 또래의 스님이 성철 스님의 방문을 두드렸습니다.

　"누가 공부는 안 하고 남의 방문을 두드리는 겁니까?"

　"나일세. 의논할 일이 있어서 왔네."

　"뭔가? 의논할 일이라는 것이."

　"우리 여기를 떠나 보세."

　"떠나다니, 어디로?"

　"어차피 우리는 머무는 곳이 없는 인생 아닌가? 금강산과 묘향산을 두루두루 돌아보세."

"그것참 좋은 생각이네. 나도 그런 생각을 하고 있었네만, 자네가 선뜻 응하지 않을 것 같아서 먼저 얘기를 꺼내지 못했네. 이렇게 다리를 꼬고 앉아 참선만 하는 것이 공부인가, 여행이 제일 큰 공부지."

"그렇다네. 죽어서 염라대왕 앞에 나가 금강산 구경을 하고 왔다면 죄를 깎아 주고 좋은 곳으로 보내 준다는 말도 있지 않은가?"

두 스님은 뜻이 맞아 금강산에서 한 해를 보내기로 하고 운부암을 나섰습니다. 금강산을 가기 전에 그들은 묘향산을 먼저 둘러보기로 했습니다.

이 무렵 농부들은 가을걷이를 하느라 열심히 일하고 있었습니다. 성철 스님은 길을 걷다가 농부들이 일하는 모습이 보이면 얼른 논밭에 뛰어 들어가 도왔습니다. 스물여덟 살인 스님은 채소만 먹는 데도 힘이 장사였습니다. 농부들은 일을 거들어 주는 스님을 무척 좋아하며 따랐습니다.

스님은 이때를 놓치지 않고 쉬운 비유를 들어가며 농부들에게 불교를 가르쳤습니다. 이렇게 남을 도와주며 길을 가다 보니, 하루면 갈 수 있는 묘향산 길을 며칠이 걸려서야 도착했습니다. 같이 길을 떠난 스님은 다시는 성철 스님과 함께 다니지 않겠다며 투덜댔습니다.

일의 현장에 뛰어들어 노동을 베푸는 것과 함께 불교의 진리를 말하는 것은 스님의 자비심에서 우러나온 것이었습니다. 성철 스님은 그때부터 노동자들을 가리켜 땀 흘리는 부처님이라고 하며 노동 정신을 찬양했습니다. 스님은 놀고먹는 마음은 자신을 망치고 국가를 망친다고 항상 말했습니다.

스님이 주장하는 생활신조는 하루 일하지 않으면 하루 밥을 먹지 않는다는 것입니다. 백장 스님의 노동 정신을 이해하고 몸소 실천했던 것입니다. 백장 스님은 720년부터 814년까지 중국에서 살았던 분으로 스님들의 법규를 정한 분입니다. 하루 일하지 않으면 하루 밥 먹지 말라는 내용도 법규 속에 들어 있습니다.

성철 스님은 수행에 열중하는 시간 외에는 이른 아침부터 마당을 청소하고, 나무하고, 빨래하고, 논밭 농사를 지었습니다. 제자 스님들이 꾀를 부리면 매우 꾸짖었습니다. 중도 사람이니 땀 흘려 노동하지 않으면 밥을 먹지 말라는 원칙을 꿋꿋이 지켰습니다.

3. 청담 스님과의 만남

　1940년 겨울을 성철 스님은 은해사 운부암에서 지냈습니다. 이듬해 여름은 전라남도 승주군의 송광사 삼일암에서 보내고 다시 충청남도 예산으로 향했습니다. 예산 덕숭산에 수덕사라는 큰절이 있습니다.

　수덕사는 백제 법왕[1] 때 처음 지어진 아주 오래된 절로 숭제, 경허, 만공 스님 등이 계셨던 유명한 곳입니다. 수덕사에 도착하자 빛바랜 단청을 입은 대웅전이 성철 스님을 맞았습니다. 반듯하고 빈틈없이 지어진 건물은 뛰어난 아름다움을 자랑하며 서 있었습니다.

　대웅전 벽화를 둘러보며 다리를 쉰 스님은 다시 산을 올랐습니다. 산 위에 있는 정혜사로 가는 것이었습니다. 정혜사는 덕숭산 꼭대기에 있어서 산길을 헤치고 한참을 올라가야 합니다. 오르던 길에 미륵불상 하나를 만난 스님은 다

---

1 법왕(法王, 재위:599년~600년): 백제의 제29대 왕.

시 걸음을 옮겨 견성암에 들렀습니다.

견성암 바위에 걸터앉아 숨을 몰아쉬며 하늘을 보았습니다. 빈산 위로 흰 구름과 맑은 바람이 정처 없이 흘러가고 있었습니다. 바람이 우람한 솔바람 소리를 내며 산을 쓸고 갔습니다. 스님은 문득 크게 이름을 떨친 만공 스님의 가르침 한 토막을 떠올렸습니다.

마음과 마음을
헤아릴 수 없는 마음이여
걸음과 걸음이
가는 곳을 알지 못하는구나

금강산 마하연에서 느꼈던 만공 스님의 자취가 견성암에서도 느껴졌습니다. 정혜사에 딸린 견성암은 만공 스님이 지어 부처님의 가르침을 널리 퍼뜨린 곳이었기 때문입니다. 성철 스님은 정혜사에서 점잖고 고독해 보이며 깊은 생각에 잠긴 듯이 보이는 한 스님과 인사를 나누게 되었습니다.

"소승, 인사 올리겠습니다."

"제가 누구라고 부르면 되겠습니까?"

"성철이라 불러 주십시오."

"나는 청담이라 부르오."

"풍문으로는 많이 들었습니다. 떠돌다 보면 어디서든 한 번은 만날 수 있으리라 생각했습니다."

"풍문으로 무엇을 들었단 말이오?"

"우리 스님들이 사는 사회를 깨끗이 하고, 질서를 바로잡 겠다는 생각을 늘 하고 계시다고 들었습니다."

"생각보다는 아주 어려운 일이오."

"그 이유가 어디에 있습니까?"

"부인과 자식을 거느린 스님들 때문이라고 생각하오." 부인과 자식을 거느린 스님을 대처승이라고 합니다. 대처 승, 즉 스님이 부인과 자식을 거느리는 것은 일본식 불교 제도였습니다.

4. 일본식 불교를 바꾸려다 실패하다

당시는 일본에 나라를 빼앗겨 식민 통치를 받고 있었던 때라, 우리나라에도 일본식 불교가 성행하고 있었습니다. 그러자 청담 스님은 뜻있는 스님들을 모아 한국 불교를 깨끗이 하려는 운동을 벌이게 되었습니다. 거기에는 동산 스님, 효봉 스님, 만공 스님도 뜻을 같이하고 있었습니다.

성철 스님도 대처승들 때문에 절이 더럽혀진다고 생각하고 있었습니다. 그래서 청담 스님과 함께 불교 정화 운동에 가담하기로 했습니다. 이때부터 성철 스님은 청담 스님과 뜻이 맞아 평생을 서로 존경하며 아끼게 되었습니다.

그 뒤의 일이지만 불교 정화 운동은 실패했습니다. 고집이 세고 자기만 옳다고 여기는 스님들 때문이기도 하지만, 무엇보다도 일본 경찰의 감시가 심했기 때문입니다. 그래서 전국에 모인 뜻있는 스님 80여 명은 뿔뿔이 흩어질 수밖에 없었습니다.

성철 스님은 1942년 한 해를 충청남도 서산에 있는 간월도에서 지냈습니다. 간월도 앞바다는 해지는 모습이 매우 아름다운 곳입니다.

이곳은 1946년 10월 20일 만공 스님이 홀로 달과 놀다가 허허허 웃으며 돌아가신 곳이기도 합니다.

간월도에 있는 만공 스님 토굴에서 한 해를 보낸 성철 스님은 속리산으로 발길을 돌렸습니다. 속리산에서는 유명한 법주사가 있고, 그 절에 딸린 복천암이란 암자가 있습니다.

5. 모든 사람에게 평등한 마음을 가져야

1943년 따뜻한 햇볕이 복천암 뜨락에 내리는 어느 봄날이었습니다. 성철 스님과 청담 스님, 도우 스님 등은 수행에 여념이 없었습니다. 이들의 수도하는 모습은 사람들 입에 오르내렸습니다. 많은 지방 관리들이 성철 스님을 뵙기를 희망했습니다.

보은군수도 성철 스님의 말씀을 듣고자 여러 번 시도를 했으나 성철 스님은 번번이 거절했습니다. 스님은 머리를 깎고 목욕을 하며 쉬는 날에는 가난한 나무꾼이나 농부, 코 흘리개 아이들과 만났습니다.

스님이 다른 관리나 군수를 만나지 않는 것은 사람이 싫어서가 아닙니다. 권력을 휘두르려고 하는 관리들에게 엄격한 모습을 보이기 위해서였습니다.

어느 날 아침이었습니다. 갑자기 법주사 스님들이 나타나 복천암 마당을 청소하기 시작했습니다. 큰절 스님들이 암자까지 와서 청소하는 일은 드물었으므로 복천암 스님들은 깜짝 놀랐습니다. 청소를 하는 한 스님에게 성철 스님이 물었습니다.

"무슨 일이 있습니까?"

"오늘 정오쯤 총독부2 국장이 복천암을 방문한다고 합니다. 그래서 청소를 하는 것입니다."

"복천암은 왜 찾아온다고 합니까?"

"도력 높은 스님을 만나고 싶어 한다는군요. 그래서 주지 스님께서 성철 스님과 청담 스님을 소개하려고 한답니다."

"그래서 청소를 한다 이거로군?"

"예, 그렇습니다."

성철 스님은 잠시 하늘을 쳐다보더니 갑자기 도우 스님에게 엉뚱한 말을 걸었습니다.

"저 하늘을 봐. 정말 화창한 봄날이야. 이런 날은 산에 올라 나물을 뜯는 게 좋겠어. 어때, 함께 가지 않겠나?"

"예, 함께 가겠습니다."

도우 스님은 바구니를 준비해서 스님을 따라나섰습니다. 속리산 비로봉 바위에 앉은 성철과 도우 두 스님은 하늘과

---

2 총독부(總督府): 식민지를 다스리기 위해 설치하는 최고 행정 기관

산 능선들을 보며 대화를 나누었습니다. 도우 스님이 물었습니다.

"스님, 왜 도망을 치시는 겁니까? 일본 놈들이 그렇게 무섭습니까?"

성철 스님은 담담한 표정을 지으며 나직하게 말했습니다.

"인간의 성품은 평등해서 부자고 가난하고, 천하고 귀하고가 없다네. 그런데 요즈음 사람들은 차별하는 마음을 갖고 살고 있어. 오늘 절 마당 청소도 바로 차별하는 마음이야. 수도하는 사람은 모든 사람에게 평등한 마음을 가져야 돼. 권력을 가진 사람이 온다고 해서 다른 마음을 내어서야 되겠는가?"

6. 깨닫기 전에는 눕지 않겠다

스님은 경상북도 선산의 도리사에서 1943년 겨울과 다음 해 여름을 보내고 문경으로 향했습니다. 문경 사불산의 대승사를 찾아가는 길이었습니다. 대승사로 향하는 성철 스님의 발걸음은 예사롭지 않았습니다. 스님의 귀에는 물이 흐르는 소리와 풀잎이 바람에 스치는 소리조차 다르게 들리는 듯했습니다.

대승사는 신라 진평왕3 때 처음 지어진 절입니다. 스님은 그곳 쌍련선원에서 부처님의 가르침을 깨닫기 위해 공부에 집중하였습니다. 그리고 도를 깨닫기 전에는 결코 자리에 편히 눕지 않겠다고 다짐했습니다.

이때부터 스님은 하루 스물네 시간을 앉아서 지냈습니다. 다른 사람은 따라갈 수 없는 초인적인 수행이었습니다. 또 음식은 생식4을 했습니다. 생쌀과 날채소 조금만 먹고

---

3 진평왕(眞平王, 재위: 579년~632년): 신라의 제26대 왕.
4 생식(生食): 익히지 않고 날로 먹는 일.

계속 앉아 있는 것이었습니다.

스님의 수행은 많은 사람을 감동시켰습니다. 어떤 사람은 진짜 계속 앉아만 있을 수 있을까 하고 밤에 몰래 문구멍으로 살피기도 했습니다. 그러나 스님은 고개 하나 끄떡하지 않았습니다.

눕지 않는 날이 계속되자 성철 스님은 몸이 아프기도 했습니다. 불덩이 같은 열기가 몸에서 뿜어 나와 고통스러웠으나 계속 앉아서 참선에 들었습니다.

주위에서는 몸이 나을 때까지 좌선을 풀 것을 권유했습니다. 그래도 스님은 깨닫기 위해서는 몸을 버려도 좋다는 생각으로 계속했습니다. 죽음과 깨달음을 바꾸겠다는 태도였습니다. 도우 스님은 보다 못해 앉아 있는 성철 스님을 이불로 감싸 땀을 흘리게 했습니다.

그로부터 10년이 지난여름이었습니다. 스님은 마침내 앉아서 수행하던 자세를 풀었습니다. 항상 벙어리처럼 조용히 있기만 하던 성철 스님은 법상에 올라가서 주장자로 법상을 내리쳤습니다.

법상은 도력이 높은 스님이 다른 스님들에게 가르침을 전하는 자리이며, 주장자는 도력이 높은 스님들이 좌선하거나 설법할 때 가지고 있는 지팡이입니다.

"꽝! 꽝!"

방 안에서 조용히 수행을 하던 스님들은 깜짝 놀라서 눈을 떴습니다. 그리고는 고개를 들어 성철 스님을 똑바로 쳐다보았습니다. 성철 스님의 눈은 불타듯 빛나고 있었습니다. 성철 스님은 사자와 같은 커다란 목소리로 말하기 시작했습니다.

"대중이여, 알겠는가? 산은 산이요, 물은 물이로다!"

이 말을 들은 스님들은 모두 무릎을 치며 고개를 끄덕였습니다. 성철 스님의 이러한 수행 경력은 지금까지도 참선하는 스님들에게 모범이 되고 있습니다.

그 후 많은 스님이 성철 스님에게 수행 방법을 물었습니다. 그러나 성철 스님은 눕지 않고 계속 앉아서 수행하는 것을 권하지 않았습니다. 자신의 경험이 너무나 고통스러웠기 때문입니다.

꼭 성철 스님이 하신 방법대로 하겠다고 고집하는 스님이 있으면, 스님은 자신의 경험에 비추어 건강을 조심할 것을 주의시켰습니다. 그리고 수행하는 방법도 자세하게 가르쳐 주었습니다.

7. 불공은 남을 도와주는 것

1947년 통도사에 딸린 내원암에서 여름을 보낸 성철 스님은 경상북도 문경 희양산에 있는 봉암사로 걸음을 옮겼습니다. 절이 있는 희양산 중턱은 큰 나무가 숲을 이루어 아주 아름다웠습니다. 오래된 절이라서 그런지 깨진 기와 조각들이 절터 여기저기에 흩어져 세월의 무상함을 말해주고 있었습니다.

지증 국사5와 정진 국사의 탑으로 된 비석에는 세월의 이끼가 시커멓게 얼룩져 있었습니다. 3층 석탑의 돌들도 세월의 무게를 견디기 힘겨웠는지 모서리가 어긋나 있었습니다. 성철 스님은 이곳 봉암사에서 두 해를 보냈습니다.

어느 날, 성철 스님은 향곡 스님의 요청으로 부산에 내려갔습니다. 부산에 있는 신도들이 부처님의 가르침을 원했

---

5 국사(國師): 신라 말기부터 조선 초기에 걸쳐 덕이 높은 승려에게 내리던 최고 승직(僧職).

기 때문입니다. 그 자리에서 스님은 주로 불공에 대해서 이야기 했습니다.

"신도 여러분, 불공이란 남을 도와주는 것이지 절에서 목탁을 두드리는 것이 아닙니다. 절이란 불공을 하는 곳이 아니라, 불공을 가르치는 곳이라는 말입니다. 불공은 밖에 나가서 하십시오. 남을 돕는 것이 불공이지, 다른 게 불공이 아닙니다."

신도들은 거침없는 스님의 말씀을 좋아했습니다.

법문을 마치고 봉암사로 돌아온 며칠 후에 부산에 계신 스님들이 성철 스님을 찾아왔습니다.

"성철 스님, 스님께서 말씀하신 것을 가지고 경남 종무원에서 긴급회의를 했습니다. 절에서 하는 불공은 불공이 아니고, 절은 불공 하는 것을 가르쳐 주는 곳이라고 말씀하셨다면서요?"

"그랬습니다. 사실이지요."

스님은 사실을 인정했습니다.

"그 말은 결국 절에 돈을 갖다주지 말라는 말인데, 그러면 우리 스님들은 모두 굶어 죽으란 말입니까?"

"스님께선 무얼 잘못 알고 계시는군요. 절은 불공을 가르치는 곳이요, 불공이란 남을 돕는 것입니다. 제 말이 틀렸다고 생각하십니까?"

"저도 이해 못 하는 것은 아닙니다. 그러나 다른 사람들은 그 말을 한 중을 어디로 쫓아버려야 한다고 합니다. 앞으로는 그런 소리를 하지 말아 주십시오."

부산에서 올라온 스님들이 돌아가자마자 서울에서도 스님들이 내려왔습니다. 서울 조계사에 있는 총무원에서도 똑같은 내용을 가지고 회의를 했던 것입니다. 성철 스님은 서울에서 내려온 스님들에게 다음과 같이 말했습니다.

"그럼 어떻게 말해야 되느냐? 부처님 앞에 돈을 많이 갖다 놓으면 놓을수록 복을 많이 받는다고 해야 되느냐? 절에서 돈벌이 많이 되는 말만 하라는 것이냐? 천하에 어떤 사람이 무슨 소리를 해도 나는 부처님 말씀을 그대로 전할 것이다."

서울에서 내려온 스님들은 성난 사자의 외침 같은 성철 스님의 꾸짖음에 질려 그냥 돌아갔습니다.

8. 책 창고를 짓다

스님이 살았던 백련암에는 책을 보관하는 창고가 있습니다. 그곳에는 5천여 권이나 되는 불교책이 있습니다. 스님은 항상 책 창고를 들락거리며 필요한 책을 꺼내 읽었는데 절대로 다른 사람을 시켜 책을 가져오거나 갖다 두는 법이 없었습니다.

이 책 창고의 이름은 장경각이라고 합니다. 요즈음 해인사에서도 책 만드는 일을 하는데, 그 출판사 이름도 책 창고 이름을 따서 장경각이라고 지었습니다. 장경각에 있는 책들은 불교 신자인 김병용이라는 사람으로부터 스님이 직접 시주를 받은 것입니다.

청주에 사는 김병용은 학식이 많고 믿음이 깊은 사람이었습니다. 사람들은 그를 거사라고 불렀습니다. 거사는 남자 불교 신도를 이르는 말입니다. 신앙심이 매우 깊은 김병용 거사는 젊었을 때부터 불교책에 열중했습니다. 그는 개인의 재산을 털어 미친 듯이 불교책에 열중했고, 불교책을 사 모았습니다.

거사는 방안에 쌓여있는 불교책들을 바라보고 연구하는 것을 즐거움으로 삼았습니다. 그러던 어느 날, 거사는 점점 자신의 몸에 기운이 떨어지고 있다는 것을 느꼈습니다. 그는 쌓여있는 책들을 보며 생각했습니다.

'내가 죽고 나면, 누가 나의 고생이 헛되지 않게 저 많은 책을 관리하고 연구한단 말인가?'

자식들을 떠올렸으나 이내 고개를 가로저었습니다. 잠시 후 김병용 거사의 눈빛이 반짝 빛났습니다. 어느 훌륭한 스님에게 책을 기증하면 오랫동안 전할 것이라는 생각이 들었던 것입니다.

신록이 우거진 어느 초여름이었습니다. 김 거사는 책을 맡아줄 만한 스님을 찾아 순례에 나섰습니다. 그는 이번이 마지막 전국 순례의 길이라고 생각했습니다. 그런 만큼 결심도 단단히 했습니다. 그가 찾는 스님은 보통 승려가 아니었습니다. 학식과 깨달음을 고루 갖춘 사람이어야만 했습니다.

김 거사는 구름과 물을 벗 삼아 전국 방방곡곡 사찰을 찾아다니며 수많은 스님을 만났습니다. 그러나 그의 마음에 드는 스님은 어디에도 없었습니다.

깨달음의 깊이가 훌륭하면 학식이 약하거나 아예 없는

상태였습니다. 스님이 되자마자 이론은 배우지 않거나 무시하고 무조건 다리를 꼬고 앉아 참선에 들어가기 때문입니다. 또 불교의 교리에 관한 지식이 어느 정도 있다 싶으면 깨달음의 깊이가 없었습니다.

어느 날, 김 거사는 지친 몸을 어느 산기슭 풀숲에 누이고 탄식했습니다. 자기의 인생도 지는 해와 같아 이제 얼마 남지 않았다는 것을 알고 있었기 때문입니다. 그는 낙담을 한 채 다시 힘없이 걷다가 문경 쪽에서 소문을 들었습니다.

어느 스님이 봉암사에서 10년 동안 자리에 눕거나 벽에 기대지 않고 앉아서 참선에 열중하고 있다는 것이었습니다. 김 거사는 믿기지 않았지만, 그 스님이 누구인지 한 번 만나 보려고 발길을 봉암사 쪽으로 돌렸습니다. 스님이 언제 또 훌쩍 다른 절로 떠날지 알 수 없었기 때문입니다.

그날 밤, 김 거사는 처음으로 꿈에 그리던 이상적인 스님을 만났습니다. 바로 성철 스님이었습니다. 성철 스님과 마주 앉은 김 거사는 시험관처럼 경전들에 대해 이것저것 물었습니다. 성철 스님의 해박한 답변은 그를 감동시켰습니다.

스님의 높은 학식과 깨달음의 깊이에 놀란 거사는 눈물을 흘리며 성철 스님에게 자기의 소원을 말했습니다. 가지고 있는 불교책을 시주하겠다는 것이었습니다.

　얼마 후 김 거사가 가지고 있던 불교책들은 모두 성철 스님에게 시주되었습니다. 많은 세월이 흐른 뒤, 성철 스님은 죽은 김병용 거사의 뜻을 받아들여 해인사 백련암에 책 창고를 지었습니다. 그리고 책 창고의 이름을 '장경각'이라 지었습니다.

3부

1. 중은 생일이 없다

1949년, 성철 스님은 경상남도 양산 월내리의 묘관음사에서 그해 겨울을 보냈습니다. 그리고 경상남도 고성에 있는 문수암에서 6· 25전쟁을 맞았습니다.

다음 해 여름은 고성 은봉암에서 보내고, 통영 벽발산 안정사에서 그해 겨울부터 머물렀습니다. 안정사는 덕과 학식1이 높은 신라시대의 원효 스님이 지은 절입니다. 산등성이에 오르면 바다에 떠 있는 아름다운 섬들을 볼 수 있는 곳입니다.

이곳 경치에 감탄한 스님은 잠시 머물기로 하고 초가집 세 채를 지어 천제굴이란 이름을 붙였습니다. 초가집 세 채는 바다와 산과 돌로 쌓은, 마치 성벽 같은 담장으로 둘러싸여 스님의 거처로 아주 알맞았습니다.

식당 채 두 칸, 불당 채 세 칸, 스님이 사용하는 방이 두

---

1 학식(學識): ① 학문으로 얻은 지식. ② 학문과 식견.

칸인 집이었습니다. 한 칸은 경전을 쌓아둔 마루방이고, 한 칸은 높지 않고 지내기에 꼭 맞게끔 비좁은 방이었습니다. 천제굴에는 성철 스님을 보기 위해 도력이 높은 스님들과 많은 신도가 모여들었습니다.

이곳에서도 스님은 눕지 않고 계속 생식을 했습니다. 제 자들은 생식을 해서 약해진 스님의 건강을 늘 걱정했습니다. 그러던 어느 날, 제자들이 모여 스님의 방문을 두드렸습니다.

"스님, 이제 눕기도 하시고 생식도 그만두시지요. 건강을 생각하셔야 합니다."

제자들의 간곡한 청으로 성철 스님은 이때부터 음식을 익혀서 먹기 시작했습니다. 그러자 시자 스님은 여러 가지 음식을 준비하여 밥상을 올렸습니다. 성철 스님은 밥상을 들고 온 시자 스님을 밥상 옆에 불러 앉혔습니다.

"여기 앉아라."

"예, 스님."

"이게 뭐냐?"

"스님 공양입니다."

"나는 중이다. 이게 중이 먹는 밥상이냐?"

"이렇게 드셔야 기운을 차리시지요."

"신도들이 시주한 물건을 아낄 줄 모르는 자가 무슨 중이 되겠다는 거냐? 들고 나가거라."

"이번만이라도 드셔야 됩니다. 몸이 너무 허약해지셨습니다."

"이놈아, 이런 밥상을 받으려면 왜 출가를 했겠느냐?"

성철 스님은 시자 스님에게 밥상을 도로 들고 나가게 했습니다. 시주한 물건을 아낄 줄 모른다고 야단맞은 시자 스님은 다음날부터 절에 보이지 않았습니다.

어느 날, 아침부터 저녁까지 신도들이 줄을 잇고 찾아왔습니다. 알고 보니 3월 4일, 성철 스님의 생일날이었습니다. 해마다 이날이면 부산이나 마산 등지에서 신도들이 찾아오는 것이었습니다.

"왜 이렇게 많이들 왔어? 귀찮게."

"오늘이 스님 생신이십니다."

"중이 따로 생일이 어디 있어? 내가 생일상 받아먹으려고 중이 된 줄 알아? 어서들 나가!"

스님은 생일을 축하하러 찾아온 신자들을 담장 안으로 한 발짝도 들어서지 못하게 하였습니다.

2. 절하다 죽는 일은 없다

하루는 절을 백 번도 못 할 것 같은 허약한 사람이 스님을 찾아왔습니다. 병원에서 병을 고칠 수 없다는 것을 알고 성철 스님을 한번 뵈려고 찾아온 것입니다. 죽더라도 부처님께 절이나 하고 죽자는 생각을 한 것입니다.

겨우 몸을 가누는 처지인 이 사람에게 스님은 부처님 앞에 가서 삼천 번 절을 하라고 시켰습니다. 그러자 시자 스님들이 펄쩍 뛰며 말렸습니다.

"스님, 병이 매우 중한 모양인데, 절을 하면 오히려 병이 더하지 않겠습니까?"

성철 스님은 단호히 그들의 말문을 막았습니다.

"부처한테 절하다 죽는 일은 없다. 원래 절은 절하는 곳이라서 절을 하는 것뿐인데 병이 더하겠느냐? 절을 하면 몸의 병뿐만 아니라 마음의 병도 낫게 한다. 몸의 병은 곧 마음의 병이니, 마음이 나으면 몸의 병도 낫는다."

성철 스님은 그 병자에게 몇 시간이 걸리더라도 좋으니 절을 하게 했습니다. 스님도 잠들지 않고 병자가 도중에 절을 멈추지 않도록 옆에서 격려했습니다. 지극한 마음으로 부처님 앞에 삼천 번 절을 마친 병자는 몸과 마음에 기쁨을 느꼈습니다.

그 후 그는 건강이 차츰 회복되어 다시 스님을 찾아왔습니다. 이때부터 어떤 사람이 삼천 번 절을 마친 뒤 기적처럼 건강을 회복했다는 소문이 나기 시작했습니다.

1984년 어느 겨울날이었습니다. 여신도 한 명이 성철 스님의 방문을 열고 들어와 무수히 절을 올렸습니다.

"누군데 이렇게 까닭 없이 찾아와 절을 하느냐? 나는 절을 받을 만한 사람이 아니다. 절을 하려거든 부처 앞에 가서 해라."

그 여신도는 얼마 전 병원에서 장암 선고를 받고 성철 스님을 찾아와 울던 신도였습니다. 그때 스님은 까닭을 묻고 이렇게 말했습니다.

"죽는 것이 좋으냐, 아니면 내가 그만두라고 할 때까지 매일 삼천 번씩 절을 하겠느냐?"

"큰스님, 살 수만 있다면 무엇인들 못 하겠습니까?"

"그럼 매일 부처님 앞에 삼천 배를 올리도록 해라."

죽음을 이미 선고받은 그녀는 죽기 살기로 성철 스님의

말씀을 따랐습니다.

그러던 어느 날, 성철 스님은 그녀에게 절을 그만하고 병원에 갔다 오라고 했습니다. 그런데 병원에 가서 검사해 보니 놀랍게도 장암이 완치되어 의사들을 놀라게 했습니다. 병이 나은 그녀는 그 후로 부처님의 힘을 믿게 되어 가끔 성철 스님을 찾아와 절을 올렸습니다.

그 소문을 듣고 병원에서 병을 고칠 수 없다는 선고를 받은 많은 환자가 성철 스님을 자주 찾아왔습니다. 스님을 뵈면 혹시 병이 나을 수 있을까 하고 먼 길을 찾아오는 것입니다. 그러면 스님은 부처님 앞에 먼저 삼천 번 절부터 하도록 시켰습니다.

3. 삼천 번 절하고 와라

성철 스님을 만나려면 누구를 막론하고 부처님께 먼저 삼천 번 절을 해야 합니다. 스님이 부처님께 삼천 번 절을 올리게 한 것은 안정사 천제굴에 있을 때부터입니다.

사람들은 삼천 배 때문에 성철 스님이 사람을 만나는데 너무 도도하거나 까다롭게 군다고 생각했습니다. 그것은 스님의 참뜻을 모르고 하는 말입니다. 절을 삼천 번 할 만한 믿음이 없는 사람이라면 만날 수 없다는 것이 스님의 신조였습니다.

스님은 신도들이 절하는 동안 스스로 마음을 뉘우쳐 마음의 병을 고칠 수 있으며, 따라서 몸의 병도 고칠 수 있고 원하는 바를 마음속에 세울 수 있다고 하였습니다.

성철 스님은 신도들에게 스님보다 법당에 계신 부처님을 만나 깊은 인연을 맺는 것이 더 중요하다고 타일렀습니다. 이런 스님의 마음을 아는 사람들은 법당 부처님 앞에서 삼천 번 절하는 것을 게을리하지 않았습니다.

삼천 번 절하는 것은 예불에 경험이 많은 스님의 경우 여섯 시간 정도면 할 수 있습니다. 그러나 보통 사람은 열다섯 시간에서 스물네 시간이나 걸립니다. 시간도 시간이지만, 무릎이 벗겨지고 심한 경우에는 몸살까지 나기도 합니다.

삼천 번 절을 해야 하는 것 때문에 얽힌 이야기도 많습니다.
1961년 5·16군사정변이 일어나기 전에 정치계의 거물이던 한 사람도 삼천 번 중 오백 번쯤 하다가 결국 포기했습니다. 어느 재벌도 삼천 번 절하는 것 때문에 성철 스님을 만나는 것을 포기했다고 합니다.

1981년 겨울, 법정 스님이 중앙일보 이은윤 기자와 함께 백련암을 찾아 성철 스님과 이야기를 나눈 적이 있습니다. 이때 법정 스님은 성철 스님의 뜻을 다 알고 있으면서도 여쭈었습니다.
"스님을 뵈려면 누구나 부처님께 삼천 번 절을 올려야 된다고 합니다. 일반인들의 궁금증을 풀어주기 위해 그 까닭을 말씀해 주십시오."
"흔히 삼천 번 절을 하라고 하면 나를 보기 위해서 하라고 하는 줄 압니다. 그러나 그렇지 않습니다. 승려라면 부처님을 대신할 수 있는 사람을 말하는데, 어느 점으로 보든지 내가 무엇을 가지고 부처님을 대신할 수 있겠습니까?

그래서 나를 찾아오지 말고 부처님을 찾아오라고 하는 것입니다. 나를 찾아와 봐야 아무 이득이 없습니다. 그래도 사람들이 찾아오면, 그 기회를 이용해서 부처님께 절을 하라고 하는 것이지요.

그래서 삼천 번 절을 시키는데, 그냥 절만 하는 것이 아니라 남을 위해 절하라고 합니다. 그렇게 삼천 번 절하고 나면 그 뒤부터는 자연히 절을 하게 됩니다."

이처럼 성철 스님은 이처럼 부처님 앞에 나아가 드리는 절을 신앙 의식이자 생활로 여겼습니다. 그리고 스님 자신도 하루가 시작되는 새벽이면 어김없이 108번 절을 했습니다.

4. 마산역 앞 광장에 간판을 세웁시다

안정사 천제굴에서 수행을 하던 성철 스님은 1952년 겨울 석 달을 경상남도 창원 불모산에 있는 성주사에서 머물렀습니다. 성주사는 신라시대 때 처음 지었으나 임진왜란 때 불에 타 새로 지은 절입니다.

성주사에 도착한 스님은 부처님께 절을 올리려고 법당으로 향했습니다. 그런데 문득 법당 처마 밑에 큰 간판이 붙어 있는 게 보였습니다. 그 간판에는 굉장히 큰 글씨로 '법당 중창 시주 ○○○'라고 씌어 있었습니다. 중창이란 법당2을 다시 고쳐 짓는 것을 말합니다.

성철 스님은 그 절의 주지 스님에게 물었습니다.

"저 사람이 누굽니까?"

주지 스님이 대답했습니다.

"마산에서 한약국을 하는 사람인데, 믿음이 깊어 법당을

---

2 법당(法堂): 불상(佛像)을 모시고 설법도 하는 절의 정당(正堂). 법전(法殿).

모두 다시 고쳐 지었습니다.”

“그 사람, 언제 여기에 옵니까?”

“스님께서 오신 줄 알면, 믿음이 깊은 분이니 내일이라도 당장 올 겁니다.”

이튿날, 과연 그 사람이 절에 왔습니다. 성철 스님은 그 사람에게 말했습니다.

“소문을 들으니 부처님을 무척 열심히 믿는다고 하더군요. 나도 이 절에 오자마자 간판을 보고 당신이 부처님을 잘 믿는다는 것을 알았지요.”

그 부자는 처음에는 칭찬을 듣고 매우 좋아했습니다. 스님은 말을 계속 이었습니다.

“그런데 간판 붙이는 위치가 잘못된 것 같습니다. 간판이란 남에게 보이기 위한 것인데, 이 산중에 붙여 두어 봤자 몇 사람이나 와서 보겠습니까? 그러니 저 간판을 떼어서 많은 사람이 볼 수 있도록 마산역 앞 광장에 가져다 세웁시다.”

그 사람은 성철 스님의 말에 부끄러움을 느꼈습니다.

“아이구, 부끄럽습니다. 스님,”

스님은 더욱 다그쳤습니다.

“당신은 참으로 부처님을 믿는 마음에서 돈을 낸 것이 아닙니다. 저 간판을 붙이려고 낸 것이지."

"제가 몰라서 그랬습니다."

"몰라서 그랬다면 잘못이 없는 것이지요. 고치면 되니까."

몹시 부끄러움을 느낀 그 사람은 자기 손으로 간판을 떼더니 탕탕 부수어 부엌으로 가 아궁이에 넣었습니다.

성철 스님은 이처럼 무슨 일을 하든, 자기를 내세우지 말고 남이 모르게 하라고 가르쳤습니다. 만약 스님이 시키는 대로 행동하지 않으면 그 사람을 받아주지 않았습니다.

5. 신문에 나려고 그 짓을 했지?

추석을 앞둔 어느 날, 마산의 한 신도가 쌀을 트럭에 싣고 나가서 가난한 사람들에게 나누어주고 숨어 버렸습니다. 그런데 신문사에서는 끝까지 그 사람을 찾아내서 기사를 특별히 크게 실었습니다.

하루는 그 사람이 스님을 찾아왔습니다.

스님은 그 사람을 보자마자 나무랐습니다.

"신문에 나려고 그 짓을 했지?"

"저는 숨기려고 했으나, 그만 기자들에게 발목을 잡히고 말았습니다."

"글쎄, 아무리 기자가 와서 캐물어도 발목 잡히지 않게 남을 도와야지. 내가 무슨 일이든 남모르게 도와야 한다고 하지 않았는가?"

그러면서 스님은 전에 있었던 일을 하나 들려주었습니다.

어떤 사람이 도시 변두리에 사는 가난한 사람들을 도우려고 했습니다. 그래서 어떻게 하면 소문을 내지 않고 그 일을 해낼 수 있을까 생각한 끝에 성철 스님을 찾아왔습니다.

"스님, 제 돈으로 쌀을 사서 변두리에 사는 가난한 사람을 돕고 싶습니다. 남모르게 할 수 있는 방법을 가르쳐 주십시오."

"그래, 그렇다면 우선 두어 사람이 그 동네에 가서 배고픈 사람들의 이름을 알아내라. 그다음에 다른 몇 사람이 가까운 쌀집에 가서 쌀을 사서 쌀표를 만들어라. 그래서 쌀표만 가져가면 바로 쌀을 줄 수 있도록 준비해 두어라.

그다음에 또 다른 사람이 명단을 들고 다니며 그 쌀표를 나누어주어라. 그러면 사람이 자꾸 바뀌어 누가 쌀을 주는지 모르게 될 게 아닌가? 또 누가 물어도 우리는 심부름만 하는 사람이라고 잡아떼면 된다."

그 사람은 돌아가서 스님이 가르쳐 준 방법으로 쌀표를 나누어 주었습니다. 처음에는 쌀표를 주며 쌀집에서 쌀을 준다고 했더니 사람들은 잘 믿지 않았습니다. 그래서 쌀집이 별로 멀지 않으니 한번 가보기나 하라고 자꾸 권했습니다.

동네에선 쌀표만 가지고 쌀집에 가면 쌀을 준다는 소문이 금세 돌았습니다. 많은 가난한 사람들이 오랜만에 기쁜 표정을 지었습니다. 아이들이 다니는 학교에서는 금세 소문이 퍼졌습니다.

"요새 우리 동네에 이상한 일이 생겼어. 어디서 온 사람들인지 모르겠는데, 그 사람들이 쌀표를 나누어줘서 끼니를 굶지 않게 됐어. 누군지는 알 수 없지만, 아마 하늘에서 내려온 사람들인가 봐."

6. 공무원이 도둑질하지 말아야 해!

성주사에서 겨우 석 달을 나고, 다시 통영 안정사 천제굴에 돌아온 어느 해 여름이었습니다. 사람들의 입을 통해 안정사에 법력이 높은 스님이 머문다는 소문이 돌았습니다.

많은 사람이 안정사를 찾아와 스님에게 설법 듣기를 원했습니다. 그러나 성철 스님은 여전히 설법 대신 부처님 앞에 나아가 삼천 번 절을 하게 할 뿐이었습니다.

어느 날, 군수와 경찰서장이 성철 스님으로부터 말씀을 듣겠다고 땀을 뻘뻘 흘리며 찾아왔습니다.

군수가 조심스럽게 입을 열었습니다.

"스님, 나라가 잘되려면 어떻게 해야 합니까? 가르쳐 주십시오."

참선을 하고 있던 스님은 잠시 돌아앉아 손으로 부처님을 가리키면서 말했습니다.

"저기 복과 지혜를 갖추고 있는 부처님이 계십니다. 그분께 삼천 번 절부터 하시오. 자기를 뉘우치고 마음으로 원하는 것이 있으면 빌면서⋯⋯."

그러나 군수와 경찰서장은 쉽게 물러서지 않았습니다. 그들은 절은 하지 않고 스님에게 가르침만 받을 것을 요구했습니다. 가르침을 듣지 않고는 결코 떠나지 않겠다는 태도였습니다.

그 모습이 하도 딱했던지 옆에 있던 도우 스님이 여쭈었습니다.

"성철 큰스님, 한 말씀 해주시지요."

그러자 벽을 향해 돌부처처럼 앉아 있던 성철 스님이 마침내 돌아앉았습니다. 그리고 서슬이 퍼런 눈빛으로 군수와 경찰서장을 쏘아보았습니다.

"내 말을 꼭 들으시겠소?"

"예, 꼭 한 말씀 부탁드립니다."

성철 스님은 그들에게 천둥 같은 목소리로 한마디 던졌습니다.

"나라가 잘되려면 공무원들이 도둑질하지 말아야 해!"

성철 스님의 목소리를 듣고 군수와 경찰서장은 어쩔 줄 몰랐습니다.

성철 스님은 다시 벽을 향해 돌아앉아 참선에 들어갔습니다. 그 순간 군수와 서장은 무슨 생각에서인지 스님의 뒷

모습을 향해 큰절을 세 번 올린 뒤 기쁜 얼굴로 절을 내려 갔습니다.

다음날 이른 아침부터 성철 스님은 누더기 옷을 입고 떠날 준비를 하고 있었습니다.

영문을 알지 못한 도우 스님이 스님께 여쭈었습니다.

"어디로 가십니까, 스님?"

스님은 자비롭게 웃으며 대답했습니다.

"사람들이 법당의 부처님은 찾지 않고 나만 찾으니 공부가 되겠느냐? 자, 어디론가 공부할 만한 곳으로 떠나자."

어느새 스님은 암자 문을 나서고 있었습니다. 도우 스님도 그 말뜻을 알고 얼른 스님의 뒤를 좇았습니다.

7. 병도 불행도 마음이 낫게 한다

1955년 봄.

성철 스님은 도우 스님과 함께 안정사 천제굴을 떠나 경상남도 남해에 있는 용문사 백련암에서 여름을 보내고 가을을 맞았습니다.

추석이 지나서 암자에 한 스님이 찾아왔습니다.

"스님을 팔공산 파계사에 딸린 성전암으로 모시고 싶다는 전갈을 가지고 왔습니다."

"어디서 온 누구시오?"

"파계사에 머물고 있는 종수입니다. 한송 스님께서 스님을 모시고 싶어 합니다."

"성전암은 어떤 곳이오?"

"산 중턱에 제비집처럼 붙어 있지만, 조용하고 경치가 아름다워 오래 머물 만한 곳입니다."

"돌아가시오, 가서 내가 가면 간 줄 아시오."

성철 스님은 물 맑고 경치 좋은 성전암에 가기로 결심하고 짐을 꾸렸습니다. 가지고 있는 짐은 책뿐이었습니다. 스님은 책을 나무 상자에 넣었습니다.

　성전암은 조선 선조 때 헌응 스님이 지은 암자입니다. 대구 시가지에서 50여 리나 떨어져 있고, 큰절인 파계사에서는 20여 분을 더 올라가야 합니다.

　그곳 산등성이에 오르면 멀리 금호강이 굽이쳐 흐르는 것이 보입니다. 성전암은 정말 제비집처럼 팔공산 산 중턱에 붙어 있었습니다.

　성철 스님은 도착하자마자 집을 새로 고쳐 짓고 주위를 깨끗이 정리했습니다.

　그런데 이곳 성전암에 스님이 계신다는 소문이 나자 또 사람들이 찾아오기 시작했습니다.

　어느 날은 너무 많은 사람이 찾아와서 스님이 산으로 피해 달아났습니다. 그래도 산에까지 따라가서 한 말씀만 해 달라는 사람이 있었습니다. 스님은 한마디만 말하고 입을 꾹 다물었습니다.

　"그럼 내 말 잘 들어. 중한테 속지 말아. 나한테 속지 말란 말이야."

　그래도 자주 찾아오는 사람이 생기자 할 수 없이 절 주위에 철조망을 쳤습니다.

성철 스님이 이렇게까지 한 것은 절대로 거만해서가 아닙니다. 또 사람이 싫어서도 아닙니다. 자기는 산에 사는 산사람일 뿐, 스님 자신보다 부처님을 찾으라는 가르침을 주기 위해서였습니다.

거처를 마련해 준 파계사 한송 스님은 성철 스님의 높은 도와 수행하는 모습을 보고 정성껏 모시고자 했습니다. 그러나 성철 스님은 일체 사양했습니다.

대구 근교에서 스님의 명성을 듣고 많은 신도가 찾아왔습니다. 그러나 스님은 신도들에게 큰 절에서 참배하도록 하고 성전암 출입을 막았습니다. 부질없이 찾아드는 관광객들의 출입도 철저히 막았습니다.

그리하여 성전암은 신도가 오지 않는 절로 통했습니다. 당연히 성전암 생활은 아주 초라했습니다.

그러나 신도들의 간청으로 집중 수련 기간이 시작되고 마치는 날만은 성전암 문을 여는 것을 허락했습니다. 스님은 오직 그날만 신도들을 만나고 설법했습니다. 물론 삼천 번 절을 하며 기도하게 했습니다. 이때 스님은 찾아온 사람들에게 이렇게 말했습니다.

"병도 불행도 마음이 낫게 한다. 알겠느냐?"

8. 중생을 돕는 것이 부처에게
공양 올리는 것

함박눈이 내리는 어느 겨울날이었습니다. 좁은 방 안에서 참선을 하던 스님이 갑자기 일어나더니 암자 뜨락에 내리는 눈을 묵묵히 바라보았습니다.

잠시 후 스님은 두터운 누더기 옷을 입고 홀로 암자의 철조망을 벗어나 눈길을 걷기 시작했습니다. 어린 제자들이 뒤를 따르려고 하자 손을 저어 따라오지 말라는 시늉을 했습니다. 혼자 암자 뒷산 오솔길을 걸어 올라가는 스님의 머리와 어깨에는 흰나비처럼 눈이 내려앉았습니다.

스님은 작은 마을에 다다랐습니다. 화전민들이 사는 아주 가난한 마을이었습니다. 흙으로 지은 초가집들은 눈의 무게에 짓눌려 금방이라도 무너질 것 같았습니다.

마을을 둘러본 스님은 어느 한 집을 방문했습니다.

식구가 가난과 배고픔에 시달려 몸과 마음이 어둡게 그늘져 있었습니다. 슬픔과 절망의 빛이 얼굴에 배어 있었습니다.

마을을 다녀온 스님은 곧 시자 스님들을 불러 모았습니다.

"신도들이 바친 음식을 모두 가져오너라."

시자 스님들은 신도들이 바친 떡과 과일을 스님 앞에 갖다 놓았습니다.

"이것을 모두 깨끗이 포장해서 저 너머 마을 사람들에게 나누어 주도록 해라."

시자 스님들은 이들에게 부처님의 말씀을 따뜻이 전해 주며 위로했습니다. 마을 사람들은 그저 스님들의 손을 잡으며 고마워할 따름이었습니다.

그 후 성철스님은 스님과 신도들에게 다음과 같이 말했습니다.

"여러 신도와 스님들이여, 알겠는가?

중생을 돕는 것이 부처님께 올리는 공양인 것이야."

스님이 성전암에 있을 때 나라 안은 무척 어지러웠습니다.

혼란이 계속되자, 부패하고 어지러운 나라를 바로잡기 위해 학생은 4·19혁명을 일으켰습니다.

그다음 해에는 군인들이 5·16군사정변을 일으켰습니다.

그러나 스님은 산 너머 뜬구름 바라보듯 그저 묵묵히

있었습니다. 오로지 때를 기다리는 성자처럼 움직임이 없었습니다.

5·16군사정변이 끝난 후 한 장군이 스님을 찾아왔습니다.

"스님, 지금은 나라를 바로잡기 위해 인재가 필요합니다."

"그런데 왜 나한테 왔지?"

"불교 교단을 정화시키려면 스님 같은 분이 필요합니다. 절에서 내려와 저희와 같이 일을 하시는 것이 어떻겠습니까?"

장군은 나라에서 인재를 찾는다는 이유로 스님이 절에서 나오도록 계속 졸랐습니다.

"출가한 사람이 있을 곳은 산에 있는 절이오.

나는 정치에 뜻이 없으니 내려가시오."

스님은 조금도 움직이지 않고 장군을 돌려보냈습니다.

9. 귀신 불교를 버려야 하네

성전암에서 10년째 철조망을 두르고 수행하던 1964년 여름, 무더위가 유난히 극성을 부리던 날이었습니다.

부산에 있는 한 신도가 스님을 찾아왔습니다. 그는 고행3으로 쇠약해진 스님의 건강을 치료하기 위해 부산으로 가자고 요청했습니다. 생식과 험난한 수행으로 몸을 가누기 힘들 정도로 쇠약해졌기 때문입니다.

그 신도는 스님을 다대포에 있는 별장으로 모셨습니다. 치료가 끝난 다음에도 스님에게 계속 별장에서 쉴 것을 간청했습니다. 그러나 스님은 급한 치료를 마치자마자 몸이 다 낫기도 전에 성전암으로 발길을 돌렸습니다.

그때 성철 스님이 어린 시자에게 말했습니다.

"성전암에서는 인연이 다 됐다."

이렇게 거처를 옮길 뜻을 비친 것입니다. 그리고 청담 스

---

3 고행(苦行): ① 몸으로 견디기 어려운 일들을 통해 수행을 쌓는 일. ② 절에서 장차 승려가 되기 위하여 심부름하는 일. 또는 그 사람.

님이 머무는 서울 우이동 삼각산 도선사로 발길을 돌렸습니다.

성철 스님이 청담 스님을 찾아 도선사에 들어서자 그곳 스님들은 깜짝 놀랐습니다. 평소에 청담 스님께서 극찬하던 성철 스님이었기 때문입니다. 그러나 옷은 여전히 예전과 다름없는 누더기를 걸치고 있었습니다.

청담 스님을 모시고 있던 현성 스님도 그 모습을 보고 깜짝 놀랐습니다. 현성 스님은 '증도가'의 한 구절을 떠올렸습니다.

가난한 스님
아무것도 없다고 말하지만
없는 건 돈뿐이고
도는 실로 푸짐하네

그 후로 청담 스님의 방은 두 스님의 대화 소리로 항상 쩌렁쩌렁 울렸습니다. 간간이 손뼉을 치며 크게 웃는 소리도 들렸습니다. 불교를 중흥시킬 수 있는 여러 가지 의견을 뜨겁게 나누는 것이었습니다.

"청담, 절에 있는 산신각과 용왕당 같은 잡다한 것들을 모두 불태워 버리세."

성철 스님은 부처님을 모신 곳만이 진정한 절이라는 평소의 생각을 청담 스님에게 말했습니다.

"귀신을 모시는 불교를 버려야 하네. 청담만 앞장선다면, 귀신 불교를 버리는 운동은 전국적으로 퍼질 걸세."

성철 스님은 신도들이 자식의 출세를 비느라고 무당처럼 신을 모시는 것도 바른길이 아니니 바로잡아야 한다고 했습니다. 절이란 자기의 잘못을 뉘우치고, 마음으로 바라는 바를 세우는 곳이기 때문입니다.

어느 스님이 부처님께 드리는 불공을 어떻게 해야 하느냐고 묻자, 성철 스님은 이렇게 말했습니다.

"자신의 잘못을 뉘우치는 것부터 해야 한다."

10. 성철은 한국 불교의 보물이야!

　당시 많은 스님들은 불교를 깨끗이 해야 한다는 생각을 하고 있었습니다. 도선사 청담 스님도 그런 생각을 하고 있었습니다. 그러나 현실은 그렇지 않았습니다. 그래서 성철 스님이 솔선수범하는 모습은 스님들에게 좋은 본보기가 되었습니다.

　이 무렵 태국 등 동남아시아 지역을 다녀온 스님들이 황색 옷을 입고 다니며, 황색 옷을 정통 불교의 옷이라고 주장했습니다. 그러자 스님들 간에 혼란이 일어났습니다. 성철 스님은 여러 가지 책들과 자료들을 증거로 하여 그것이 옳지 않다고 따졌습니다.

　본래 스님들이 걸치는 옷인 가사는 황색, 홍색, 적색을 섞은 괴색이라고 주장했습니다. 결국 가사는 성철 스님의 주장대로 괴색으로 결정되었습니다. 지금 스님들이 걸치고 있는 가사가 바로 성철 스님의 주장에 따른 것입니다.

　청담 스님은 성철 스님보다 나이가 열 살이나 위였습니다. 그런데도 친구처럼 스스럼없이 서로 말을 놓고 지냈습니다. 그러자 청담 스님 제자들이 불만을 품었습니다. 어느 날, 제자들은 청담 스님에게 볼멘소리로 항의했습니다.

"속세 같으면 열 살 연상은 큰형님뻘인데, 성철 스님은 예의가 없는 것 아닙니까?"

그때 청담 스님이 불호령을 내리며 엄하게 꾸짖었습니다.

"성철 스님은 한국 불교의 보물이야. 내가 아니면 누가 알겠느냐? 너희들은 그따위 생각일랑 버리고 잘 모시기나 해라. 감히 무얼 안다고……."

청담 스님과 성철 스님은 자고 먹는 것을 잊어 가며 얘기를 주고받았으며, 도선사에 바른 불교를 공부할 수 있는 장소를 만들기로 결정을 내렸습니다. 성철 스님은 '실달학원'이란 간판을 직접 써서 절 기둥에 달아놓았습니다. 스님들이 철저한 공부를 위해 잠자고, 먹고, 외출을 삼가는 등 여러 가지 수행하면서 지켜야 할 일들을 적어 놓았습니다.

1965년 봄, 성철 스님은 경상북도 문경 운달산에 있는 김룡사로 거처를 옮겼습니다. 신라시대 운달 스님이 지은 절입니다. 이 절에서 성철 스님은 신도들을 위해 처음 법회를 열었습니다. '운달산 법회'라고 불리는 이 유명한 법회는 일반 불교 신자들도 불교에 적극적으로 참여하도록 하는 기틀이 되었습니다.

성철 스님은 과학 서적과 자료를 읽고 공부하여 그동안 불교보다 한 걸음 앞선 불교 이론을 전개했습니다. 스님의 풍부한 학식에 학자들도 놀랐습니다. 불교를 2천 년 전의 교훈으로만 알고 있던 사람들에게 스님은 첨단 물리학인 상대성이론, 변증법, 최면술, 심령과학 등의 예를 들어 불교 교리를 설명했습니다.

사람들이 어려워하는 불교의 근본 원리인 '생기지도 없어지지도 않는다'는 것을 상대성이론의 등가 원리로 설명했습니다. 상대성 원리로 얘기해도 사람들이 못 알아들으면 다시 물과 얼음에 비유하여 설명했습니다.

예를 들면 물이 얼어 얼음이 된다고 해서 물이 없어지는 것이 아닌 듯, 얼음이 녹아 물이 된다고 해서 얼음도 없어지는 것이 아닙니다. 다만 얼음이 물로 나타나고, 물이 얼음으로 나타났을 뿐이라는 것입니다. 이렇게 모든 것은 언제나 생기지도 않고 없어지지도 않는다는 이치를 설명했습니다.

스님이 심령과학 얘기를 할 때는 더욱 재밌습니다. 여러 가지 윤회와 사실들에 관한 말씀을 들을 때 사람들은 숨소리조차 죽이며 귀를 기울였습니다.

4부

1. 스승 동산 스님과 범어사 추억

1965년 4월 30일, 스승인 동산 스님이 돌아가셨습니다. 돌아보면 어언 30년, 스물다섯 살에 해인사에서 머리를 맡기고 처음으로 머물렀던 곳이 범어사였습니다. 범어사 금어선원과 원효암에서 첫 여름과 겨울을 어설프게 보내며 듣던 대나무 부딪치는 소리가 아스라이 들리는 듯했습니다.

한걸음에 내달려 범어사 조계문 앞에 도착했을 때는 이미 조문을 온 사람들로 들끓고 있었습니다. 내리던 비는 개어 신록은 더욱 푸르게 보였습니다. 붉은 진달래꽃은 붉은 울음을 우는 듯하고, 금정 시냇물과 이름 모를 새들은 슬픔을 노래하고 있었습니다. 메아리로 시작하는 종소리가 슬픔을 끌고 산과 들판, 산등성이를 흘러 다녔습니다.

성철 스님과 같이 있을 때 동산 스님은 아침 공양[1]이 끝나면 누구보다 먼저 빗자루를 들고 대웅전 뜨락을 청소하

---

1 공양(供養): ①웃어른에게 음식을 대접함. ② 부처 앞에 음식물을 올림. ③ 절에서, 음식을 먹는 일.

던 분이었습니다. 그리고 동산 스님은 설법을 제일 잘하는 스님으로 통하였습니다. 그래서 동산 스님이 가시는 곳마다 설법을 들으러 많은 사람이 모여들었습니다.

성철 스님은 동산 스님이 도를 깨달았다는 금어선원의 동쪽 대나무밭을 거닐며 옛 기억을 떠올렸습니다. 그런데 문득 대나무 잎 부딪치는 소리가 왠지 모르게 슬픈 곡조로 뼈마디를 울렸습니다.

1934년 8월 어느 날, 동산 스님은 한 가지 생각에 골똘히 잠겨 금어선원 동쪽 대나무 숲이 흔들리며 서로 세게 몸을 부딪쳤습니다. 그 소리를 듣는 순간 동산 스님은 눈앞이 환하게 밝아 옴을 느꼈습니다. 그동안 골똘히 생각하던 것을 크게 깨달았던 것입니다.

그 후 동산 스님은 살아있는 보살이라고 불렸습니다. 또 어떤 사람은 부처님이 다시 몸을 빌려 태어난 분이라고도 했습니다. 동산 스님은 재미있고 다정하며 뛰어난 말솜씨로 언제나 상대방을 감동시켰습니다.

언젠가 일본식 불교에 물든 스님들이 절을 장악한 적이 있습니다. 이때 동산 스님은 불교 정화에 앞장서서 이들을 몰아내려고 했습니다. 맑고 깨끗한 스님들이 절에 있어야 한다는 것이 동산 스님의 생각이었습니다. 당시 이승만 대통령은 이런 소문을 듣고 다음과 같이 담화문을 발표했습니다.

"부인과 자식이 있는 사람들은 절에서 나가라. 한국 고유의 절 풍속을 살리기 위해 독신인 스님들이 절을 지키게 하라."

대통령뿐만 아니라, 불교 신자와 사회 여론도 민족 불교가 다시 일어나야 한다는 점에서 동산 스님의 뜻과 같았습니다. 이런 동산 스님의 생각과 성철 스님의 생각은 꼭 맞아떨어졌습니다. 성철 스님 역시 스님이 되기 전부터 처와 자식을 거느리지 않은 스님이 진짜 스님이라고 주장하였기 때문입니다.

일본이 우리나라를 침략했을 당시 각 절마다 젊은 승려들을 뽑아 일본으로 유학을 보냈습니다. 그들은 졸업한 뒤 대부분 아내와 가족을 거느린 스님이 되었습니다. 늙은 스님들은 대학이 제자들을 다 잡아먹었다며 원수처럼 여겼습니다. 그곳에서는 지식만 가르쳤을 뿐 승려 생활에 대해서는 철저히 가르치지 못했던 것입니다.

2. 종합 수련장인 해인 총림

스님들이 돌아가시면 시체를 불에 태우는 다비식을 합니다. 동산 스님의 다비식을 마친 후, 성철 스님은 김룡사로 돌아와 1966년 여름을 보내고 해인사로 향했습니다.

가야산에서 가장 높은 백련암에 오른 스님은 허물어져 가는 암자를 수리했습니다. 그리고 우선 가지고 있는 책을 보관할 조그만 책 창고를 만들었습니다. 불이 날 것을 염려하여 시멘트로 지은 뒤 장경각이라 이름 지었습니다.

성철 스님은 불교 정화 운동이 일어난 후 처음 해인사 주지로 초대된 적이 있었으나 사양했습니다. 수행하는 스님은 끝까지 수행에만 전념해야 한다는 뜻에서였습니다.

그러다가 다시 이곳 가야산 해인사로 온 데에는 큰 뜻이 있었습니다. 한국 불교도 옛날 중국 불교처럼 스님들을 종합적으로 교육할 수 있는 학교를 설립해야 한다는 것이었습니다. 불교 정화를 하려면 무엇보다 스님들에 대한 교육이 중요했던 것입니다.

성철 스님은 한국 불교의 지도자들이 찾아올 때마다 그

뜻을 비쳤습니다. 그리고 불교가 유행할 때 중국의 절에서 이루어졌던 것처럼 스님들의 종합 수련장인 총림의 필요성을 계속 주장했습니다.

1967년, 여러 스님들의 회의 결과 마침내 총림 설치법을 통과시켰습니다. 이때부터 해인사를 해인 총림이라고도 부르게 되었습니다. 성철 스님은 이곳 해인 총림의 최고 높은 자리인 방장이 되었습니다. 스님은 그해 겨울 여러 스님들을 모아 놓고 100일 동안 설법을 했습니다.

스님은 팔공산에 있을 때처럼 신도들이 아무 때나 백련암에 참배 오는 것을 막고, 만나는 날도 따로 정했습니다. 관광객들이 관광할 수 있는 구역도 따로 정했습니다. 절은 관광지가 아니라 수련장이 되어야 한다는 스님의 결단 때문이었습니다.

그리고 절을 운영한다는 담당 부서를 중국 총림 제도를 본받아 새롭게 바꾸었습니다. 절의 운영에서부터 새 출발을 하자는 뜻에서였습니다.

성철 스님은 선을 수행하는 스님들을 특별히 대해주었습니다. 선이야말로 불교의 뿌리와 줄기이므로, 방에서 똥을 눈다 하더라도 도를 닦는 스님들을 잘 보살펴야 한다고 했

습니다. 그래서 선원에 있는 스님들에게는 항상 문을 열어
놓고 만나서 직접 지도했습니다.

젊은 스님들은 성철 스님의 이런 차별에 불만을 품기도
했습니다. 어떤 때는 불만이 불씨가 되어 소란이 일어난 일
도 있었습니다. 그러나 불교의 생명이 선원에서 공부하는
스님들에게 있다는 스님의 생각은 변함이 없었습니다.

수십 년이 지난 지금, 해인 총림은 우리나라 불교가 발전
하는 데 훌륭한 전통을 갖게 해 주었습니다.

3. 자기를 버리고 모든 것을 위해 살라

1966년 겨울부터 백련암에서 지내게 된 성철 스님은 여러 스님을 앞에 두고 출가 정신을 가르쳤습니다. 스님이 되어 수행하는 사람들에게 출가 정신이 부족하면 안 되기 때문입니다. 출가 정신이 부족하면 넓고 큰 바다 위에서, 키나 나침반 없이 항해하는 배와 같다고 했습니다.

출가란 작은 가정과 가족을 버리고, 큰 가족인 사회와 인류를 위해 사는 것을 뜻합니다. 그러니 출가의 근본정신은 자기를 완전히 버리는 것에 있습니다. 만일 자기가 중심이 되어 산다면, 그것은 출가라고 볼 수 없다고 했습니다.

출가자가 자기중심에 빠지면 온갖 부정과 갈등과 분쟁이 생기기 마련입니다. 그러니 자기를 버리고 다른 모든 것을 위해 사는 정신으로 불교를 배우고 펼치는 것이 불교의 근본 사상이자 출가자의 정신이라고 성철 스님은 말했습니다.

성철 스님은 스님들이 모인 자리에서 자주 이런 말을 하였습니다.

"스님은 개인주의여서는 안 됩니다."

스님들이 세속을 버리고 사는 근본 목적은 부처가 되어 모든 사람을 위해 살기 위한 것이라고 했습니다. 자기를 위해 수행하고 자기를 위해 깨닫게 된다면 그것은 바른길이 아니라고 했습니다. 수행도 남을 위해서 하고, 수행을 마치고 난 다음의 생활도 남을 위해 하는 것이 불교의 시작이자 마지막이라고 했습니다.

또 요즈음 세상은 정신적인 것은 점점 멀리하고 물질을 중요시하는데, 우리 불교도 그런 점이 많다고 성철 스님은 걱정했습니다. 그래서인지 스님들이 성철 스님을 찾아와 공부가 잘되지 않는다고 호소하기도 했습니다. 그러면 스님은 다섯 가지 계율[2]을 지키면서 공부해 보라고 권했습니다.

첫째, 잠을 적게 잔다. 세 시간 이상 자면 그건 수도인이 아니다.

---

2 계율(戒律): 계와 율. 불자(佛者)가 지켜야 할 규범.

둘째, 말하지 말라. 말할 때는 깊이 생각해야 할 문제인 화두가 없어지니 좋은 말이든 궂은 말이든 남과 나누지 말라. 공부하는 사람끼리는 서로 싸움한 사람같이 하라. 무슨 말이든 하지 말라.

셋째, 글을 보지 말라. 부처님 말씀을 기록한 경전도 보지 말고, 옛 스님들이 말씀한 것을 기록한 책도 보지 말라. 신문과 잡지는 말할 것도 없다.

넷째, 과식하지 말고 간식을 먹지 말라. 음식은 건강 유지만 될 정도면 되지, 많이 먹으면 잠이 자꾸 오고 정신이 아주 희미해서 안 된다. 적게 먹는 것이 건강에도 좋고 오래 사는 비결이다.

다섯째, 돌아다니지 말라. 수련 기간이 끝나면 모두 빠르게 절에서 달아나는데 그러지 말라.

성철 스님은 이 다섯 가지 계율3을 안 지키는 스님들은 공부를 안 하는 것으로 여겼습니다. 이 계율을 지키며 10년을 공부하면 부처의 경지에 다다를 수 있다고 했습니다.

3 계율(戒律): 계와 율. 불자(佛者)가 지켜야 할 규범.

스님은 이 다섯 가지 계율을 수백 병의 스님들에게 알려 주었는데도 그대로 지키는 스님을 아직 못 보았다고 걱정하였습니다. 그러나 어딘가에 숨어 열심히 공부하는 스님이 있을 거라는 희망을 포기하지 않았습니다.

4. 남을 위해 기도해라

수행도 남을 위해서 하고, 수행을 마치고 난 다음의 생활도 남을 위해 하라는 성철 스님의 말씀은 다시 말해 중생을 먼저 생각하는 불교가 되라는 것입니다.

스님은 우리 불교가 앞으로 바른길로 가려면 스님들의 생활이 달라져야 한다고 했습니다. 승려가 산속에 앉아 신도들이 가져온 쌀이나 돈을 놓고 목탁이나 치며 복을 달라고 비는 생활을 계속하다가는 불교가 곧 없어질 것이라고 했습니다.

절에 다니는 신도들도 마찬가지입니다. 사람들은 남이야 죽든 살든 제 자식이 조금만 아파도 쌀이나 돈을 가지고 절에 가서 기도를 했습니다. 이렇게 해서는 참된 부처님 제자가 될 수 없다고 했습니다. 입시 철만 되면 붐비는 절을 보면서도 스님은 혀를 끌끌 찼습니다.

중생을 먼저 생각하라는 스님의 가르침 때문에 제자 스님들이 곤욕을 치를 때도 많았습니다.

어느 해 식목일에 일어났던 일입니다. 스님들과 절 아랫마을 사람들이 모여 가야산에 나무를 심고 있었습니다. 점심때가 안 됐지만, 스님들은 배가 몹시 고파 너나 할 것 없이 먹을 것을 찾았습니다.

그때 한 젊은 스님이 백련암에 불공하고 남은 떡이 있다는 것을 기억하고 몰래 암자로 뛰어갔습니다. 얼마 후 젊은 스님들은 한군데 모여 떡을 나누며 먹고 있었습니다. 그때 귓가에 우레 같은 호통이 떨어졌습니다. 돌아보니 성철 스님이 매우 성난 얼굴로 서 있었습니다.

"수행자들이 하루 세끼면 족하지, 간식은 왜 하느냐? 잘 먹고 잘산다면 어찌 수행자라고 할 수 있느냐? 또 먹을 것이 있다면 마을 사람들에게 먼저 나누어주어야 수행자의 도리가 아니겠느냐?"

일행이 떡을 한 입씩 메어 문 채 대답도 못 하고 있는데, 성철 스님이 다시 큰 소리로 꾸짖었습니다.

"어서 그 떡을 마을 사람들에게 나눠주라니까!"

젊은 스님들은 떡을 들고 마을로 내려갔습니다. 그러자 성철 스님은 언제 화를 냈느냐는 듯 다시 정성 들여 나무를 심었습니다.

성철 스님이 날마다 기도를 하는 것도 스님 자신을 위한 기도가 아닌 모든 중생을 위한 기도였습니다. 눈이 오나 비가 오나 아침저녁으로 부처님 앞에 나가서 기도를 하는 스님에게 한 신도가 물었습니다.

"평생 누더기 옷을 입고, 고기를 먹지 않고 욕심 없이 사신 스님이신데, 무슨 죄를 지었기에 부처님 앞에 매일 기도하는 것입니까?"

스님은 담담한 표정으로 대답했습니다.

"종교인은 자기 죄가 없어도 남의 죄를 대신 참회하기 위해 기도하는 것이야. 알았어?"

5. 바르게 사는 것이 불교다

성철 스님은 신도와 스님들에게 항상 남을 위해 기도하고 생활하라고 가르쳤습니다. 또 스스로도 남을 위해 생활하는 근본 자세를 조금도 흐트러뜨리지 않았습니다. 먼저 자기 스스로가 바른 생활을 해야 한다고 늘 말하였습니다. 불교는 바른 생각을 하는 종교라고 하였습니다.

스님은 자주 옛날 중국 조주 스님의 생활 방식을 본받으라고 말씀하셨습니다. 조주 스님은 아주 평범하면서도 뜻이 깊은 법문을 많이 한 스님입니다. 여든 살이 되도록 세상을 떠돌아다니며 아무것도 가진 것이 없이 깨끗하게 사신 스님이었습니다. 신도들의 신세를 지지 않고 먹을 것은 스스로 지어먹었다고 합니다.

그래서 스님의 높은 덕망은 세상에 널리 알려졌습니다. 이러한 사실이 왕에게 알려지자, 왕은 스님에게 큰 절을 지어주겠다고 했습니다. 조주 스님은 펄쩍 뛰면서 말했습니다.

"나를 위해 돌 한 덩이, 풀 한 포기라도 건드리면 더 이상 이곳에 살지 않고 당장 떠나겠다."

어느 날 한 사람이 성철 스님을 찾아와서 물었습니다.

"스님은 늘 저희에게 바른 생활을 하라고 하시는데, 저희가 바르지 못한 생활을 하는 이유는 어디에 있습니까?"

"물질에 너무 욕심을 부려서 그렇다."

사람들이 지나친 욕심을 부려 물질에 이끌리다 보니, 이성을 잃어버려 탈선행위를 하게 된다고 했습니다. 그 사람이 다시 성철 스님에게 물었습니다.

"우리가 물질에 욕심을 부리는 원인은 어디에 있습니까?"

"근본 원인은 물질문명을 너무 따르기 때문이다."

"이 병을 고치는 방법이 있겠습니까?"

"방법이 없는 것이 어디 있겠는가? 노력을 안 해서 그렇지. 이 병을 고치려면, 우선 동양의 전통적인 정신문화를 따라야 한다. 즉 정신이 주인이 되어 물질을 지배해야 한다. 물질이 정신을 지배하면 인간은 자기를 잃고 동물이 되어 버린다."

"그러나 물질이 없으면 인간은 살 수 없지 않습니까? 밥도 먹어야 하고, 옷도 입어야 하고, 집이 있어야 비나 바람을 막을 것이 아닙니까?"

"그렇다. 그러니 물질문명을 아주 없애는 것이 아니라,

정신이 주인이 되고 물질이 종이 되어 따라오도록 해야 한다는 것이다.”

“그럼 지금은 어떻습니까? 제가 보기에는 물질을 너무 앞세워 살고 있다는 생각이 듭니다.”

“맞는 말이다. 지금은 주인과 손님이 바뀌어 물질이 정신을 밀어버렸다. 그래서 인격을 잃어버리고 있다. 악한 행동이 많아지는 것도 이 때문이다.”

“그 책임은 누구에게 있습니까?”

“근본적인 책임은 정신적 지도자 역할을 해야 하는 종교인에게 있다. 살인이나 강도 등 범죄가 있다면, 죄를 지은 그 사람에게 책임이 있는 것이 아니고, 그 사람을 정신적으로 지도해야 하는 종교인에게 있다. 종교인이라는 사람들이 참다운 지도를 못 하고 참다운 행동을 못 했기 때문이다.”

5부

1. 맑고 깨끗한 스님들이
불교 중심이 되어야

　성철 스님은 종교인, 즉 성직자부터 근본 자세를 바로잡아 모든 사람의 참다운 정신적 지도자가 되어야 한다고 했습니다. 정신적 지도자가 잘못되었다면 지도를 받는 사람이 잘못되는 것은 당연한 일입니다. 그러니 근본적인 책임을 맡은 종교인, 성직자인 스님 스스로가 참회해야 한다고 하였습니다.

　또 성직자들이 바른 생활을 하려면 세속적인 명예와 이익을 버려야 한다고 했습니다. 세속적인 명예나 이익이 앞서면, 성직이라는 것이 세속적인 이익을 따라가는 도구가 되어버리기 때문입니다.

　성철 스님은 처음 출가할 때 세운 신조가 있습니다. 어떠한 일이든지 관여하지 않는다는 것입니다. 세속의 일이든지, 절의 일이든지, 사회적인 문제든지 관여하지 않았습니다. 어떠한 절의 모임이나 사회 모임에 참석해 본 일도 없습니다. 언젠가는 국가의 국정자문위원이 되어 달라고 대통령이 사람을 보냈으나 스님은 수락하지 않았습니다.

또 성철 스님은 자신의 옷가지를 빨거나 수선하는 일을 남에게 시키는 법이 없었습니다. 여성 신도들이 빨래를 해주겠다고 해도 거절하고 자신이 직접 빨래를 했습니다.

스님이 빨래하는 모습은 재미있기도 하고 우습기도 했습니다. 흐르는 물에 옷을 담가 이리저리 휘젓다가 건져서 나뭇가지나 빨랫줄에 척 걸쳐 놓는 것이었습니다. 그리고 다리미질을 하지 않고, 옷이 마르기 전에 걷어다가 발로 꼭꼭 밟아서 그냥 입었습니다.

스님의 엄격한 규칙 가운데 하나는 비구인 남자 스님은 남자 스님이 묵는 곳에서, 비구니[1]인 여자 스님은 여자 스님이 묵는 곳에서 수행해야 한다는 것입니다.

어느 날 사방이 어두워지기 시작하는 저녁 무렵이었습니다. 성철 스님이 머무는 백련암에 비구니 스님 한 분이 찾아왔습니다. 염화실 방문 앞에 다가간 비구니는 스님을 불렀습니다.

---

1 비구니(比丘尼): 출가하여 머리를 깎고 구족계를 받은 여자 승려.

"큰스님, 법어를 들었으면 하고 찾아왔습니다."

비구니 스님의 말이 떨어지기도 전에 성철 스님은 말을 받았습니다.

"내일 날이 밝으면 다시 오시오."

"밤길 가기가 힘들고 하니, 이곳에서 하룻밤 자고 가게 해주십시오."

비구니 스님은 백련암에서 하룻밤 자고 갈 것을 청했습니다. 이미 사방이 캄캄하여 아무것도 보이지 않았습니다. 그러나 성철 스님은 단호하게 거절했습니다.

"더 어둡기 전에 빨리 내려가라니까."

성철 스님은 문을 꽝 닫았습니다. 그리고는 곧 시자 스님을 불렀습니다.

"저 아래 비구니 스님들이 있는 암자에서 오늘 밤 묵어가게 해 드려라."

이처럼 성철 스님은 어떤 예외도 두지 않고 비구 스님과 비구니 스님의 관계를 철저히 구분했습니다. 그래서 성철 스님이 있는 백련암은 늘 비구 스님들뿐이었습니다. 비구니 스님들이 찾아와 법어를 물을 때는 자비롭게 말씀을 들려주지만, 일단 말씀이 끝나면 비구니 스님들은 즉시 물러 나와야 했습니다.

성철 스님의 유일한 바람은, 맑고 깨끗한 비구와 비구
니 스님들이 불교의 중심이 되어 부처님의 가르침을 부흥
시키는 것이었습니다.

2. 산은 산이요, 물은 물이다

1981년, 성철 스님은 종정이 되었습니다. 종정이란 불교의 대통령이나 다름없는 대법왕을 뜻합니다. 이는 우리나라의 정신적 지도자이며 어른인 셈입니다.

그러므로 세상 사람들은 종정에 오른 성철 스님의 말씀을 항상 주목하였습니다. 성철 스님은 1981년 1월 종정 추대식에서 다음과 같이 말했습니다.

보고 듣는 것밖에
진리가 따로 없으니
아아, 여기 모인 사람들이여,
알겠는가?
산은 그대로 산이요.
물은 그대로 물이로다

보고 듣는 것이 그대로 진리라는 뜻입니다. 그 뒤로 여러 사람 입에서 '산은 산이요, 물은 물이다'라는 말이 오르내리게 되었습니다. 한번은 어떤 사람이 스님을 찾아와 물었습니다.

"스님께서 종정 추대식에서 말씀하신 산은 산이요, 물은 물이라는 말이 무슨 뜻입니까?"

성철 스님은 대답했습니다.

"산은 산이요 물은 물이라고 함은, 누구든지 보고 누구든지 말할 수 있는 지극히 평범한 표현입니다."

사실 이 평범한 말은 평범하지만 깊은 뜻이 담겨 있습니다. 이 뜻을 바로 알아차린 스님들은 커다란 깨달음을 얻었습니다.

성철 스님은 사람들이 너무 복잡한 생각 속에 살고 있다고 했습니다. 사람이 복잡한 생각을 하고 있는 동안에는 마음이 바르지 않아 어떤 것이든 바로 볼 수가 없다고 했습니다.

불교에서는 마음을 매우 중요하게 여깁니다. 마음은 원래 깨끗한 거울처럼 맑은데 마음에 때가 끼어서 사물을 바르게 보지 못한다고 합니다. 거울에 때가 끼면 어떤 물건을 거울에 비추었을 때 제 모양이 제대로 비치지 않는 것처럼 말입니다.

그래서 마음을 맑게 닦아 내는 것을 거울을 맑게 닦아 내는 것에 비유합니다. 거울을 맑게 하여 산을 비추면 산이고, 물을 비추면 물이고, 갑동이 얼굴을 비추면 갑동이 얼굴이고, 을순이 얼굴을 비추면 을순이 얼굴이 나타납니다.

이렇듯 사람 마음을 맑게 하면 산이 산으로 보이고, 물이 물로 보입니다. 그런데 마음에 때가 끼면 산이 온통 금붙이로 보이고, 의심스러운 눈으로 보면 갑동이가 내 돈을 훔쳐 간 도둑놈으로 보이는 것입니다.

하늘에 떠 있는 해가 구름에 가려 보이지 않을 때가 있습니다. 해를 보려면 구름이 걷혀야 하는 것처럼, 사물을 제대로 보려면 마음을 가리고 있는 바르지 못한 생각을 없애야 한다고 했습니다.

3. 행동으로 통일할 생각을 안 해

　1981년이 기울어 가는 어느 겨울날이었습니다. 젊은 법정 스님이 성철 스님을 찾아가 여쭈었습니다.

　"한국 불교 교단은 정치권력 앞에 너무 나약한 모습을 보였다고 생각됩니다. 스님께서는 정치권력과 종교는 어떤 관계에 있어야 한다고 생각하십니까?"

　성철 스님이 대답했습니다.

　"종교와 정치는 완전히 분리되어야 한다. 스님이 정치를 해서도 안 되지만, 정치인이 종교인에게 이래라저래라해서도 안 된다. 종교가 인간의 고통을 다스리기 위해 있다는 것을 본받아 사람에게 편안하고 쾌적한 정치를 하도록 해야 한다."

　법정 스님이 다시 물었습니다.

　"만일 종교가 정치의 지배를 받게 된다면 어떻게 되겠습니까?"

　"국가에 큰 위험이 닥치게 되며 결국 파멸에까지 이르게 된다."

"역사적으로 그러한 예가 있는지요?"

"통일신라시대는 불교가 근본이념이 되어서 우리의 5천 년 역사상 가장 찬란한 문화의 황금탑을 세운 시기였다. 어느 나라, 어느 시대에서나 종교의 정신이 정치의 이념이 되었을 때는 문화가 발달한 것이 역사적 사실이었다."

"크게는 한 나라를 다스리는 최고 권력자를 비롯하여 작게는 한 기업체를 이끄는 사장에 이르기까지, 바람직한 지도자가 되려면 어떤 자질을 갖추어야 하는지 말씀해 주셨으면 합니다."

"단체의 지도자는 개인의 이익과 욕심을 버려야 한다. 국가의 지도자라고 하면, 그는 오직 국가와 민족을 위해 사는 사람이어야 한다. 지도자가 만약 자기의 명예와 이익을 위해 산다면, 그 사람은 지도자가 아니라 도둑놈이다."

법정 스님이 자리를 뜬 뒤, 한 스님이 성철 스님께 물었습니다.

"우리 민족의 과제는 통일입니다. 남북이 갈려 맞서다 보니 서로 힘이 닳아 없어지고, 많은 사람이 감옥에 가서 고통을 겪고 있습니다. 스님이 생각하는 올바른 국가의 모습이나 통일에 대해 말씀해 주십시오."

성철 스님은 대답했습니다.

"휴전선이 몇 개 그려졌다 해도 남쪽이나 북쪽은 다 같은 한민족입니다. 선을 그어 놓았다고 피가 달라지거나 민족이 달라지지 않습니다. 언젠가는 하나를 이루고 말 것이므로, 자기 입장만 주장할 게 아니라 서로가 인내력을 가지고 한 덩어리가 되도록 노력해야 할 것입니다."

어느 가야산의 여름, 정치를 하는 신도들이 스님을 찾아뵙고 말씀을 청했습니다.

"큰스님, 언제쯤 남북통일이 이루어질까요?"

스님의 얼굴에 환한 웃음을 띠며 대답했습니다.

"그것은 국민이 마음먹기에 달렸어. 정치하는 사람을 비롯하여 여러 사람이 반공이라는 이념을 떠나 민족으로 뭉칠 때 남과 북의 경계선이 무너지고 같은 민족으로 만날 수 있다. 그런데 사람들은 입으로만 통일을 말하면서 행동으로는 통일을 이룰 생각을 안 해. 그게 문제야."

4. 마음속에 다이아몬드 광산이 들어있다

암자 뜰 앞 나뭇가지에 산새들이 날아들어 지저귀는 화창한 어느 봄날, 동화를 쓰는 정채봉 작가가 성철 스님을 찾아왔습니다.

"큰스님, 현대 사회는 물질과 과학의 만능 시대입니다. 그래서인지 사람다운 삶을 살기가 점점 어려워진다고들 합니다. 왜 그렇습니까?"

성철 스님이 대답했습니다.

"원래 자기의 본래 모습은 넓고 커서 끝이 없는 바다와 같은 것입니다. 그러나 물질은 바다 위에 일어났다 없어지는 거품과 같은 것이지요. 자기가 본래 바다라는 사실을 알면, 거품인 물질에 따라가지 않을 것입니다."

성철 스님은 우리가 살고있는 지구는 한없이 큰 것 같으나, 끝없는 우주 속에서 볼 때는 보잘것없는 작은 존재에 불과하다고 했습니다. 지구도 이러한데, 하물며 지구 위에 있는 물질은 우주에 비하면 얼마나 작은 존재에 불과하겠습니까. 성철 스님의 말에 고개를 끄덕이던 정채봉 작가가 다시 물었습니다.

"그러면 이 지구에서 인간이 인간답게 바로 살려면 어떻게 해야 됩니까?"

성철 스님은 다시 대답했습니다.

"자기 근본이 가치 있다는 것을 먼저 알아야 합니다. 자기가 순금인 줄 알면 순금인 자기를 버리지 않을 것입니다. 그리고 먼지 같은 물질을 따라가지 않을 것입니다. 또 자기 존재가 우주 속에서 아주 작다는 사실을 알면 저 잘났다고 소리치지도 않을 것입니다."

정채봉 작가가 다시 물었습니다.

"사람들은 점점 더 갈 길을 잃고 방황하며 인간의 본성을 잃어버리고 있습니다. 인간으로서는 생각하기 어려운 일들이 계속 벌어지고 있는 것입니다. 재벌들은 땅 투기를 해서 나라를 어지럽히고, 가난한 사람을 걱정스럽게 하며, 어린 아이를 유괴하여 할 수 없는 짓들을 합니다. 어떻게 해야 이런 일들이 없어지겠습니까?"

성철 스님이 대답했습니다.

"그것은 인간성이 타락했기 때문입니다. 인간성의 타락은 인간이 스스로가 부처라는 사실을 잊어버리는 데서 옵니다. 그러니 자기를 바로 볼 줄 알아야 합니다."

성철 스님은 사람은 모두가 부처라고 했습니다. 자기를 바로 보아 자기가 부처라는 사실을 알면 타락하지 않는다고 했습니다. 아무리 헐벗고 굶주린 사람이라도 그것은 겉모습일 뿐, 본래 사람의 모습은 거룩하고 숭고하다고 했습니다. 그러므로 모든 상대를 부처님 대하듯 해야 한다고 했습니다. 그때 인간성은 제자리를 찾게 된다고 했습니다.

어떤 사람이 비행 청소년이 사회문제가 되는 것을 걱정하면서 스님께 여쭈었습니다. 스님은 이렇게 대답했습니다.

"모두 물질만 구하여 따라가는 어른들 때문이야. 모든 범죄 행위는 물욕 때문에 나오는 것이지. 사람 각각의 마음속에 다이아몬드 광산이 들어 있다고 생각해 봐. 도둑질을 하겠나?"

스님은 인간은 누구나 마음속에 무한한 보물을 가지고 있다고 말했습니다. 인간이 자신의 가치를 깨닫는다면, 아무리 눈앞에 금은보화가 있어도 물질에 대한 욕심이 생기지 않는다고 했습니다. 또 아무리 물질이 궁핍하더라도 인격이 훌륭하면 행복하다고 했습니다.

5. 남을 속이는 게 진짜 도둑이다

어떤 사람이 찾아와 스님에게 물었습니다.

"행복의 길을 어디에 있습니까?"

스님은 이렇게 대답했습니다.

"행복은 인격에 있는 것이지 물질에 있는 것이 아닙니다. 물질이 풍부하더라도 인격이 부족하면 불행한 것입니다."

어느 해 초여름이었습니다. 동국대학교 역경원에서 불교 책을 만드는 박경훈 선생이 성철 스님을 만났습니다. 그때 박경훈 선생이 물었습니다.

"세간2에 화제가 되었던 큰 도둑 사건이라는 게 있었습니다. 한 집에서 5억 원이나 도둑을 맞기도 했습니다. 피해자들 대부분이 높은 관직을 가진 사람과 큰 부자였습니다. 서민들은 백 원을 잃어도 천 원을 잃었다고 부풀려 말하는데, 이들은 오히려 피해 액수를 줄여서 말했다고 합니다.

---

2 세간(世間): ① 세상. ② 중생이 서로 의지하며 살아가는 세상. 속세(俗世).

사람들은 이 도둑을 큰 도둑이라고 부르는데, 큰 도둑질은
죄를 범하는 것과 다른 것입니까?"

성철 스님이 대답했습니다.

"나는 도둑에 대한 생각이 근본적으로 달라. 남의 돈이나
물건을 뺏거나 훔치는 것은 작은 도둑에 불과해."

그러자 박경훈 선생이 다시 물었습니다.

"그럼 큰 도둑은 어떤 도둑인가요?"

성철 스님은 서슴없이 바로 대답했습니다.

"남의 나라를 뺏으면 큰 도둑이라 할 수 있지. 그러나 사
람들은 이런 사람을 영웅이라고 해. 진짜 큰 도둑놈은 성인
인 체하는 사람들이야. 자칭 성인들의 말을 들어 보면 자신
들이 천하를 다 아는 것처럼 지껄이는데, 사실 알고 보면
자신도 모르면서 남을 속이는 거야."

박경훈 선생이 말을 받았습니다.

"깨우치지도 못했으면서 도인인 체하는 수도자들을 말씀
하시는군요."

그때 스님이 목소리를 높여 말했습니다.

"그렇다. 그런 놈들은 도둑놈으로 심판해야 해!"

잠시 후 박경훈 선생이 다시 말했습니다.

"그러니까 돈 몇 푼 훔치는 도둑보다 인간의 마음을 좀먹

게 하는 큰 도둑놈이 문제라는 말씀이군요."

성철 스님의 대답과 박경훈 선생의 질문은 계속되었습니다.

"그럼, 돈 몇 푼 훔치는 것은 어린애 같은 짓에 불과해. 성인이나 철인이라고 하면서 아는 체하고 남을 속이는 게 진짜 도둑이야."

"정치인이나 고급 관리인들에게 한 말씀 해 주십시오."

"우리 사회에서는 정치인이나 고급 관리라고 하면 좋은 집에 살고 좋은 옷을 입는 사람들로 인식되는데, 사실은 그 반대여야 되지. 율곡 선생 같은 분은 죽은 후 염할 옷이 없고, 또 혼자 남은 부인이 살 집이 없어서 제자들이 마련해야 할 정도로 욕심 없이 살았다고 해. 요즘은 그러한 정치인이나 관리들이 없는 것 같아."

6. 물질은 정신을 병들게 한다

박경훈 선생이 물었습니다.

"아내가 남편을 독살하고 아들이 아버지를 때려죽인 일이 일어난 적이 있습니다. 더구나 그 여인은 불교 신도였습니다. 이런 인륜을 저버린 사건에 대해 말씀해 주십시오."

성철 스님이 대답했습니다.

"종교는 가졌다고 하지만 절실하게 믿지 않았던 것이 문제야. 겉으로만 종교를 믿는 체하면서 속으로는 물질적인 욕심만 가득 차 있었던 것이지. 그 사람 많은 깊은 곳엔 물질에 대한 욕심으로 꽉 차 있었을 거야. 물욕3만 좇다가는 그런 좋지 않은 일이 생기게 되는 것이야."

"이렇게 각박한 세상을 바로잡을 수 있는 것은 정치도 경제도 아닌 종교밖에 없다고 생각합니다. 이런 때에, 불교에서는 어떻게 지도하는지요?"

---

3 물욕(物慾): 금전이나 물건을 탐내는 마음.

"어느 종교든지 사람들에게 물질적인 욕심을 없애는 방법을 지도해야 하네."

"요즘 들어 우리나라 사람들의 성격이 무척 조급해지고 있다는 생각이 듭니다. 출세도 빨리, 공부도 빨리, 돈도 빨리 벌어야겠다는 식이지요. 음식도 그 자리에서 쉽게 먹을 수 있는 인스턴트 식품을 즐겨 먹고……."

"그 또한 물질만 뒤쫓아 다니며 애써 구하기 때문이야. 그래서 사람들이 여유를 못 갖고 조급해지는 거지."

"조급함에서 벗어날 수 있는 길은 무엇입니까?"

"개인을 위해 물욕을 채우려고 하면 점점 더 조급해지므로 남을 위해 일한다는 생각을 가질 틈이 없지. 남을 위해 일한다는 생각을 가질 때 비로소 조급함에서 벗어날 수 있어."

음력 4월 8일은 석가모니께서 태어난 날입니다. 이날은 부처님 오신 날이라고도 합니다. 이날 절에서는 휘황찬란한 등을 달아 불을 켜고 큰 행사를 합니다. 그러나 성철 스님이 있는 백련암은 등을 켜는 법이 없었습니다.

마음의 등불이란 한낮에 뜬 해처럼 항상 우주를 비추고 있으니 다른 등을 켤 필요가 없다는 것입니다.

성철 스님은 부처님 오신 날을 특별히 정해 놓은 게 큰 의미가 없다고 했습니다. 누구나 깨닫기만 하면 하루하루가 전부 부처님이 탄생하는 날이라고 했으며, 시시각각 부처님이 오신 순간이라고 여겼습니다.

그러나 사람들은 부처님 오신 날을 정해 놓고 경축합니다. 특별히 부처님 오신 날은 정한 것은 일종의 방편입니다. 하루하루가 부처님 오신 날임을 모르는 사람을 위해 편의상 만든 것이지요. 스님은 이런 호들갑스러운 행사를 좋아하지 않았습니다.

성철 스님은 예수님이 마구간에서 태어난 뜻도 알아야 한다고 말했습니다. 우리가 진정한 불교도 혹인 기독교도라면, 부처님이나 예수님의 생활 태도를 본받아야 한다고 가르쳤습니다.

정신이 병든 것은 물질 때문이므로, 물질에 대한 욕심만 버린다면 현실을 똑바로 볼 수 있다고 했습니다. 스님은 종교까지 물질 만능의 물결에 휩쓸려 본래의 사명을 잃어버린 것을 무척 걱정하였습니다.

7. 나는 도둑놈 두목이 아니다

어느 날, 한 부자 신도가 스님에게 간청했습니다.

"스님, 부처님 오신 날 잔치를 크게 열어 많은 신도와 경축하게 해 주십시오."

스님은 곧바로 대답했습니다.

"잔치나 형식보다는 실제로 중생에게 도움을 주는 것이 부처님 태어나심을 바로 아는 것이다."

신도가 다시 말했습니다.

"저는 잔치뿐만 아니라, 이날 신도들로부터 헌금을 받아 스님이 묵는 암자를 새로 짓고 단장하려 합니다."

스님은 버럭 화를 냈습니다.

"무슨 도둑놈 같은 짓을 하려고 그러느냐? 우리나라 경제가 발전하여 선진국 문턱에 들어섰다고 자랑들 하지만, 아직 수많은 서민은 먹고사는 것에 허덕이고 있다. 그런 사람들의 돈을 끌어 모아 잔치를 하고, 집을 고친단 말이냐? 나는 도둑놈이 되기 싫다. 다시는 그런 얘기로 내 앞에 얼씬거리지 마라."

신도는 다시 한번 졸랐습니다.

"다른 절이나 교회들은 다들 그렇게 하는데, 왜 스님은 못 하게 하십니까?"

스님은 신도의 물음에 계속 답했습니다.

"나는 야단스런 법당을 짓거나 수십억짜리 교회나 성당을 세우는 것에 절대 반대한다. 그건 도둑놈이나 하는 짓이다."

신도는 다시 말했습니다.

"스님은 어째서 암자에 신경을 쓰지 않으십니까? 절이 크고 깨끗하면 신도들도 더 많이 모일 것 아닙니까?"

"종교인은 정신적인 양식을 개발하고 공급하는 사람이다. 껍데기에 불과한 절이나 교회 건물에 애착을 가지면 양심이 흐려진다. 양심이 흐린 사람을 어떻게 종교인이라 할 수 있겠느냐?"

"스님, 껍데기에 불과한 건물도 없으면 불편하고, 지저분하면 병에 걸립니다."

"어느 종교든지 물질보다 정신을 높이 여기지 않느냐? 내가 항상 하는 얘기지만, 종교인은 맑고 올바른 생활을 하려면 최저의 생활을 해야 한다."

"스님, 저는 가난했지만 열심히 일해서 돈을 많이 모았습니다. 이것을 스님과 부처님을 위해 절에 바치고 싶습니다."

"내가 왜 네 돈을 받느냐? 나는 도둑놈 두목이 아니다. 여유 있는 물질은 반드시 사회로 되돌려 줘라. 그래서 많은 사람이 골고루 혜택을 받도록 해라. 그래야 죄를 덜 짓게 된다."

"스님, 부처님은 어떤 생활을 하셨습니까?"

"부처님은 호사스런 왕궁을 버리고, 다 떨어진 옷차림에 맨발로 다니셨다. 바리때 하나 들고 여기저기 빌어먹으면서 수도를 하셨다. 그러면서 사람들을 가르쳐 착한 마음을 갖도록 하셨다. 그리고 마지막까지 사람들을 가르치다가 길에서 돌아가셨다. 철저하게 아무것도 가지지 않고 때가 묻지 않은 정신으로 살다 가셨다."

8. 다른 종교를 존경하라

스님의 말씀을 듣는 사람들 가운데 다른 종교에 대해 물어보는 사람도 많습니다. 어느 날, 한 사람이 찾아와 물었습니다.

"스님, 다른 종교인들과 대화를 나누어도 괜찮은가요?"

이에 스님은 대답했습니다.

"불교는 모든 것에 간격이 없고 평등하므로 다른 종교를 구별하지 않습니다."

어느 날은 연세대학교 신학대학원에 있는 독일인 교수가 한국인 교수와 함께 스님을 찾았습니다. 그때 스님은 독일인 신학 교수에게 말했습니다.

"나는 한국인, 당신은 독일인이오. 또 당신은 예수교, 나는 불교이니 각자의 입장을 고집하면 대화가 될 수 없습니다. 한국인, 독일인, 예수교, 불교 다 버리면 결국 남는 것은 사람뿐이니 사람끼리는 얼마든지 대화할 수 있지 않겠습니까?"

그 자리에 있던 사람들 모두 그 말에 찬성했습니다. 성철 스님과 독일 신학자는 밤이 깊어 가는 줄도 모르고 마음을 열어 많은 의견을 주고받다가 즐거운 마음으로 헤어졌습니다.

성철 스님은 자기를 비우고 남을 존경하는 마음으로 나누는 대화는 얼마든지 좋다고 했습니다. 그러나 서로 고집을 버리지 못하면 싸움만 계속될 뿐 아무런 소용이 없다고 했습니다.

또 누군가 성철 스님에게 물었습니다.

"어떤 종교에서는 오로지 자기들이 믿는 종교를 통해서만 구원받을 수 있으며 다른 종교를 믿으면 구원받을 수 없다고 합니다. 이런 것에 대하여 불교에서는 어떻게 말합니까?"

성철 스님은 대답했습니다.

"내 말만 들어야 하고 남의 말을 들으면 살 수 없다고 한다면, 그런 사람은 인격을 지닌 종교인이라고 할 수 없습니다. 내 말을 안 듣는 사람까지도 살길을 열어 주는 것이 진정한 종교의 역할입니다."

"그럼 불교는 무엇입니까?"

"어느 것도 가리지 않는 게 불교입니다. 활짝 문을 열어 놓은 채 자신을 바로 보아 바로 알고, 이웃을 도우라고 가르치는 것이 불교입니다. 불교에서는 부처님을 믿고 안 믿고는 큰 문제가 안 됩니다. 자기 마음을 바로 보고 살면서 바른 행동을 하는 것이 불교의 사상입니다. 그러니 부처님에게 의지하지 않더라도 누구나 구원을 할 수 있습니다."

1984년 4월 초에 가톨릭 교황이 우리나라를 방문할 예정이었습니다. 이때 부처님 오신 날이 얼마 남지 않아 초청 일자와 행사장소를 두고 불교 교단에서 말이 많았습니다.

한 신도가 성철 스님에게 불평했습니다.

"그동안 초파일 행사를 계속 여의도 광장에서 해 왔는데, 하필 초파일 무렵에 교황을 초청하여 남의 행사를 방해하는 겁니까?"

성철 스님이 말했습니다.

"우리 불교는 천육백 년 동안 초파일 행사를 해 왔고, 앞으로도 계속할 것입니다. 종교계 지도자는 교황이 한국을 방문하는 것을 같이 환영하고 축하해야 합니다. 설사 우리 행사에 다소 지장이 있더라도, 어떤 장소에서든지 행사가 원만히 이루어지도록 불교도들이 협력해야 합니다. 이것이 진정한 종교인의 자세입니다."

9. 법당 기와를 팔아서라도 공부해라

　성철 스님은 한국 불교가 다시 일어나기 위해서는 모범적인 승려를 교육하는 기관이 가장 시급하다고 항상 말했습니다. 이는 무엇보다 승려들의 자질을 높이기 위해서입니다. 그동안 우리나라 절에서는 아무렇게나 승려를 만들어 제대로 교육도 하지 않았기 때문에 승려들의 수준이 낮아져 사람들이 천하게 본 것이 사실이었습니다.

　성철 스님은 아무나 승려가 되어서도, 또 아무렇게나 승려를 만들어서도 안 된다고 주장했습니다. 승려는 중생을 가르치고 이끄는 지도자가 되어야 하기 때문입니다. 민중의 지도자가 되기 위해서는 체계적인 불교 공부를 통하여 전문적인 지식을 기르고 깊은 수행력을 길러야 합니다. 그러려면 승려가 되는 문턱을 높여 자질이 뛰어난 사람이 승려가 되도록 교육해야 합니다.

　성철 스님은 스님이 되기 위한 조건과 교육 제도를 다음과 같이 개선해야 한다고 주장했습니다.

첫째, 출가하였으나 수행을 쌓지 않은 어린 스님인 사미4, 사미니계 대상자는 고등학교 이상 졸업한 사람을 대상으로 해야 한다. 고등학교를 졸업하지 못한 경우에는 절에서 고등학교 과정까지 순서를 밟아 가르쳐야 한다.

둘째, 문교부에서 공인받은 4년제 승가대학을 설립하여 사미, 사미니계를 받은 사람들로 하여금 열심히 공부할 수 있도록 해야 한다. 승가대학 졸업 후에는 각기 능력과 취미에 따라 절의 일을 맡아보거나 참선과 포교5를 하게 한다.

다음은 스님이 됨으로써 지켜야 할 열 가지 도리입니다.

1. 살아있는 생물을 죽이지 말라.
2. 물건을 훔치지 말라.
3. 음탕한 짓을 하지 말라.
4. 거짓말하지 말라.
5. 술 마시지 말라.
6. 꽃다발을 쓰거나 향수를 바르지 말라.

---

4 사미(沙彌): 십계를 받고 불도를 닦는 어린 남자 승려. 사미승.
5 포교(布教): 종교를 널리 폄.

7. 노래하고 춤추며 풍류6에 잡히지 말고, 가서 구경하지도 말라.

8. 높고 넓은 큰 평상에 앉지 말라.

9. 아무 때나 먹지 말라.

10. 보물들을 가지지 말라.

이 열 가지 계율을 철저히 제 것으로 만들어 지키며 수행을 해야 바른 스님이 된다고 했습니다. 또한, 승가대학의 교육은 지식과 행동이 하나가 되는 교육이어야 한다고 했습니다. 철저한 신행 교육이 없으면 속인이나 다름없기 때문입니다.

성철 스님은 항상 불교 교단도 승려 교육을 제일 큰 숙제로 생각해야 한다고 했습니다. 돈이 없으면 법당 기와를 팔아서라도 가르쳐야 한다고 주장했습니다. 스님의 생각은 계속 이어져 중앙승가대학을 설립하는 데 밑거름이 되었습니다.

---

6 풍류(風流): ① 속된 일을 떠나 풍치가 있고 멋스럽게 노는 일. 화조풍월(花鳥風月). ② 음악을 예스럽게 일컫는 말.

6부

1. 벌레를 구하는 것도 불공이다

1984년 이른 봄이었습니다. 법정 스님이 성철 스님을 찾아와 물었습니다.

"스님, 아직도 우리나라 불교는 개인의 복을 비는 곳이라는 선입견에서 벗어나지 못하고 있습니다. 참된 불공[1]은 무엇입니까?"

이에 성철 스님이 대답했습니다.

"요새 우리나라 불교가 무속인지 종교인지 분간할 수 없을 때가 많습니다. 복을 비는 일은 순전히 이기심에서 나온 것입니다. 자기만을 위해 절에 다니고 불공을 한다면 그것은 불공을 거꾸로 하는 것이 됩니다."

성철 스님은 항상 남을 돕는 일이 불공이라고 했습니다. 남을 돕는 데는 여러 가지가 있습니다. 물질적인 도움이 있고, 정신적인 도움이 있고, 육체적인 도움도 있습니다. 정

---

1 불공(佛供): 부처 앞에 공양을 드림. 또는 그런 일. 불향.

신적으로 고민하는 사람을 위로해 주는 것도 불공이고, 무거운 짐을 대신 들어 주는 것도 불공이며, 배고픈 사람에게 음식을 주는 일도 불공입니다.

뿐만아니라, 물에 떠내려가는 벌레를 구해 주는 것도 불공이라고 했습니다. 불공이란 인간에게만 국한되는 것이 아닙니다. 중생을 보호하고 도와주는 것은 모두 불공입니다.

나를 해롭게 한 원수를 돕는다는 것은 여간 어려운 일이 아닙니다. 그렇지만 나를 해롭게 하고 나를 미워하는 사람을 존경하고 돕는 것이 참된 불공입니다.

성철 스님은 마지막으로 다시 한번 강조했습니다.

"원수를 사랑하라는 말도 있지만, 불교에서는 설사 내 부모나 자식을 죽인 사람이라 할지라도 부모와 같이 섬기라고 했습니다. 사람을 돕거나 존경하기는 쉽지만, 원수를 사랑하기란 참으로 어려운 일입니다. 그러나 그것이 자비입니다. 그런 것이 진정한 불공이고 또한 불교의 근본적인 사상입니다."

어느 해 정초, 믿음이 깊은 한 신도가 스님을 찾아와 세배를 드렸습니다. 그리고 물었습니다.

"스님, 참 불공에 대해 말씀해주십시오."

스님이 대답했습니다.

"불우한 이웃을 도와주는 것이 부처님께서 말씀하신 불공이다. 큰 재산으로 남을 돕는 것보다 미리 나누어 갖는 마음으로 도와야 한다."

스님은 염화실 문을 열고 멀리 가야산 기슭을 가리키며 말했습니다.

"저곳에 도와줄 이웃이 있을 것이다."

스님이 가리킨 곳은 마장이라는 가난한 마을이었습니다. 신도는 그 길로 마장 마을을 찾아가 마을 사람들에게 무엇을 도와주면 좋겠냐고 물었습니다.

신도는 마을 사람들의 소원대로 소를 사 주어 기르도록 했습니다. 그것을 인연으로 마을 사람들은 점점 잘살게 되었습니다.

뒷날 그 이야기를 들은 스님은 크게 기뻐하였습니다. 좋은 일을 계속한 그 신도의 사업은 날로 번창하여 아주 큰 운송 회사의 사장이 되었습니다.

2. 남을 도와야 내가 산다

1984년 부처님 오신 날 며칠 전에 성철 스님은 전국의
국민에게 드리는 글을 신문에 발표했습니다. 내용은 늘 말
씀하신 대로 남을 도와야 내가 산다는 것이었습니다.

요즈음 사람들은 자기만의 이익을 찾고 자기만 편하게
지내려고 한다며, 이기심이 세상을 어둡고 어지럽게 만든
다고 충고하였습니다. 부처님 오신 날, 스님은 사람들 앞에
서 이렇게 말했습니다.

이것이 있으므로 저것이 있고
이것이 생기므로 저것이 생기고
이것이 없으므로 저것이 없고
이것이 죽으므로 저것이 죽는다
이는 두 막대가 서로 버티고 섰다가
이쪽이 넘어지면 저쪽이 넘어지는 것과 같아

모든 사물은 서로 의지하며 살고 있어서 서로 관련되지 않은 것이 없다는 말입니다. 사람이 사는 것도 이와 똑같습니다. 이쪽을 해치면 저쪽은 따라서 손해를 보고, 저쪽을 도우면 이쪽도 따라서 이익이 생깁니다. 남을 해치면 내가 죽고, 남을 도우면 내가 사는 것은 당연한 일입니다.

이러한 우주의 근본 원리를 알면 남을 해치려고 해도 해칠 수가 없다고 스님은 말했습니다. 그리고는 다시 덧붙여 말했습니다.

"이 진리를 모르고 자기만 살겠다고 남을 해치며 날뛰는 무리들이여! 참으로 내가 살고 싶거든 남을 도웁시다. 내가 사는 길은 오직 남을 돕는 것밖에 없습니다."

물과 불은 서로 반대되는 물질이지만, 사람은 물과 불을 조화롭게 이용하여 생활하고 있습니다. 밥과 빵도 물과 불을 이용하여 요리하며, 목욕탕의 따뜻한 물과 방을 덥히는 보일러도 마찬가지입니다. 식물이 자라는 것도 물과 햇빛이 필요하니 이 또한 물과 불을 이용하는 것입니다.

스님은 같이 살고 같이 죽으며, 같이 고생하고 같이 즐거워하는 진리를 하루빨리 깨달아서 서로 해치는 마음을 버리고 손을 맞잡자고 했습니다.

이렇게 서로 손을 맞잡고 힘차게 전진하되, 나를 해치는 상대를 제일 먼저 도울 때 이 땅은 평화와 자유와 행복의 물결이 넘쳐흐를 것이라고 했습니다.

스님은 평화롭고 행복한 풍경을 떠올리게 하는 시 한 편을 읊어주었습니다.

화창한 봄날
푸른 잔디에
황금빛 꽃사슴
낮잠을 자네

3. 누구나 태어나면 죽는다

사람은 태어나면 죽습니다. 아무리 오래 살아도 백 년 이상을 살기 힘듭니다. 백 년은 끝없는 우주의 시간에 비하면 티끌 하나도 못 되는 아주 짧은 시간입니다. 그러나 사람들은 누구나 죽고 사는 문제에 매달립니다.

중국의 진시황은 신하들을 시켜 늙지 않고 죽지 않는 약을 구해오게 했습니다. 그런 약은 있지도 않았을뿐더러, 진시황은 백 년의 반도 못 되는 49년을 살다가 죽었습니다.

부처님은 사람이 나고, 병들고, 늙고, 죽는 문제를 깨닫는 순간 왕자의 자리를 걷어차 버렸습니다. 사람이 나고, 병들고, 늙고, 죽는 것을 이해하여 얻는 자유에 비하면 호화로운 임금 자리는 아무것도 아니라고 생각했기 때문입니다.

중국 역사상 가장 큰 나라의 왕이었던 순치 황제도 그랬습니다. 그는 부귀영화라는 것이 자유에 비해 아무것도 아니라는 것을 깨닫고 금산사라는 절로 도망쳤습니다. 순치는 그 절에서 아궁이에 불을 지피는 스님들의 심부름꾼이 되었습니다.

성철 스님은 신도들에게 가끔 나카야마 미키라는 여자에 대한 이야기를 해주었습니다.

미키는 일본 천리교라는 종교의 교주인데, 굉장한 부자였습니다. 그런데 공부를 해서 나름대로 마음의 눈을 뜨게 된 그녀는 자기 살림살이가 별것 아니라는 것을 깨달았습니다. 그래서 남편에게 말했습니다.

"이제까지는 내가 당신의 아내였는데, 오늘부터는 내가 당신 스승입니다. 내가 깨우쳤으니 내 말을 들으셔야 합니다."

남편은 어리둥절했습니다.

"당신, 미쳤어? 왜 이러는 거요? 당신이 뭘 원하는지 한번 말해 보시오."

미키가 말했습니다.

"우리 재산을 전부 팔아 남들에게 나누어주도록 해요."

남편은 결국 아내의 의견을 받아들였습니다. 부부는 재산을 다 팔아 남에게 나누어주고는 빈손이 되었습니다. 그러나 밥을 얻어먹으면서 무엇이든지 남에게 이익이 되는 것, 남에게 좋은 것, 남을 도울 수 있는 일을 찾아 나섰습니다. 훗날 미키는 일본 역사상 아주 훌륭한 인물로 남게 되었습니다.

이렇게 지위나 재산을 버리면 사람은 더 큰 자유와 진리를 얻을 수 있다고 성철 스님은 말합니다. 절은 무슨 일을 하다가 실패하거나 저 혼자만 편히 살겠다는 개인주의에 가득 찬 사람들이 모이는 곳이 아니라고 말했습니다.

1950년 어느 날, 한 학자가 스님을 찾아와 물었습니다.
"스님들은 어째서 개인주의로 사는 겁니까? 부모 형제 다 버리고, 사회와 국가도 버리고, 돈도 안 벌고 남의 밥을 얻어먹으며 산속에서 참선한다고 가만히 앉아 있으니, 그것이 개인주의가 아니고 무엇입니까?"

성철 스님이 대답했습니다.
"승려가 출가하는 것은 나 혼자 행복하려고 하는 것이 아니오. 더 크고 귀중한 것을 위해 작은 것을 버릴 뿐이지. 그래서 결국에는 아무것도 갖지 않게 되어 마음의 눈을 뜨고 모든 중생을 품 안에 안을 수 있게 되는 것이오."

학자는 이제야 알았다는 듯 머리를 숙여 성철 스님께 절을 했습니다.

4. 왼손이 하는 일을 오른손이 모르게 하라

어느 해 여름이었습니다. 방학을 이용하여 학생들이 해인사로 수련회를 갔습니다. 부처님 앞에 삼천 번 절을 해야 성철 스님을 뵐 수 있다는 소문을 들은 학생들은 절을 마친 뒤 백련암으로 올라가 스님과 마주 앉았습니다.

한 학생이 스님께 여쭈었습니다.

"큰스님, 저희는 부처님 앞에 삼천 배를 하고 올라왔습니다. 화두를 가르쳐주십시오."

스님은 웃으며 말했습니다.

"불공부터 하고 올라와라. 그 뒤에 화두를 배우도록 하자."

학생들은 모두 눈이 휘둥그레졌습니다. 한 학생이 머리를 긁적이며 물었습니다.

"우리는 부모님께 용돈을 타 쓰고 있는데, 어떻게 불공을 할 수 있습니까?"

그때 어떤 학생이 옆 사람과 소곤거리는 소리가 들렸습니다.

"우리는 돈도 없는데, 부처님 앞에 돈 놓고 절부터 하라는 얘긴가?"

스님은 다시 웃으며 말했습니다.

"불공은 부처님 앞에 돈을 놓고 절하는 게 아니다. 몸과 정신으로, 또 물질적으로 남을 도와주는 것이 모두 불공이다."

스님의 말씀에 학생들은 다시 물었습니다.

"어떻게 남을 돕습니까?"

"남을 도울 때는 순수한 마음으로 도와야 한다. 버스나 전철 안에서 노인이나 어린이 혹은 병든 사람에게 자리를 양보해 주는 것도 불공이고, 정신적으로 고민하고 있는 사람을 좋은 길로 인도해 주는 것도 불공이다. 길거리에 앉아서 동냥하는 눈먼 사람에게 10원짜리 한 닢을 주는 것도 불공이니, 이 세상 모두가 불공거리며 불공의 대상이다. 단지 우리의 게으른 병 때문에 못 할 뿐이다. 그러니 불공부터 하고 공부를 하자."

학생들은 모두 고개를 끄덕였습니다. 성철 스님은 계속 말을 이었습니다.

"불공을 하되, 주의할 것은 자랑하지 말라는 거다. 남을 도와주는 것은 착한 일이지만, 자랑하는 것은 나쁜 일이다. 남을 도와주고 자기 입으로 자랑하면, 모든 공덕을 입으로 부수어 버리는 꼴이 되고 만다."

한 학생이 물었습니다.

"우리 사회에는 자기를 자랑하거나 선전하기 위해 일하는 사람이 많지 않습니까?"

"그래, 돈푼이나 기부하고 신문에 크게 선전해 달라는 사람들도 많이 있다. 또 그 재미로 돈 쓰는 사람도 많고. 그것은 불공이 아니라 자기 선전에 불과하다. 불공이란 아무리 많이 남을 도와주었다고 해도 절대 자랑하지 않는 것이다. 그러므로 남을 도와주려면 모르게 도와줘라. 예수도 왼손이 하는 일을 오른손이 모르게 하라고 하지 않느냐? 자신의 왼손으로 남을 도우면서도 오른손이 모르게 하라고 했는데, 하물며 다른 사람이 알면 어떻게 되겠느냐?"

성철 스님은 불교의 근본 생활도 남을 도와주는 데 두어야 한다고 했습니다. 모든 인간이, 모든 생명이 본래 부처라는 것을 알고 존경해야 한다고 하였습니다.

불상2 앞에 돈을 놓고 복을 달라고 비는 것이 아니라, 순수한 마음으로 남을 돕고 잘 모시는 사람이 진짜 불교 신도라고 하였습니다.

---

2 불상(佛像): 나무·돌·쇠·흙 따위로 만든, 부처의 소상(塑像)이나 화상(畫像)을 통틀어 이르는 말. 부처. 불체(佛體).

5. 세상과 거꾸로 사는 것이 불교다

불교에는 인과 법칙이 있습니다. 이것은 불교뿐 아니라 우주의 근본 원리이기도 합니다. 어떤 신도가 스님에게 물었습니다.

"스님, 인과 법칙이 뭡니까? 쉽게 말씀해 주십시오."

"밭에 콩을 심으로 콩이 나고, 팥을 심으로 팥이 나는 것과 같다. 착한 일을 하면 좋은 결과가 오고, 악한 일을 하면 나쁜 결과가 온다는 것이다."

"사람이 병에 걸리고 가난한 것도 인과 법칙의 결과입니까?"

"그렇다. 병이 난다든지 생활이 가난하여 어려운 것은 악한 일을 한 결과이다. 자기는 악한 일을 하지 않은 것 같아도 무언가 그럴만한 원인이 있었기 때문이다."

"스님께서는 항상 남을 돕고, 남을 위해 기도하라고 하십니다. 그러다 보면 언제 나를 위해 일합니까?"

"남을 자주 돕고 남을 위해 기도하면, 마침내는 그 착한 결과가 자기에게 모두 돌아온다. 그러므로 남을 위해 기도

하는 것이 곧 나를 위한 기도가 아니겠느냐?”

"남을 해치면 결국 나를 해치는 것과 같다는 말입니까?”

"그렇다. 생태학3에서도 마찬가지이다. 곡식을 잘 기르지 않으면 자기가 먼저 배고프지 않으냐. 요즘의 공해4 문제도 그렇다. 인간이 자연을 돌보지 않고 마구 훼손하니 그 결과가 인간에게 돌아오지 않느냐?”

"요즘 사람들은 남이야 죽든 말든 나만 잘살면 된다는 욕심으로 남을 해치고 있습니다. 무엇을 생각하든지, 무슨 일을 하든지 자나 깨나 나뿐이라고 생각합니다. 왜 그렇습니까?”

"욕심이 마음의 눈을 가려서 그렇다. 마음의 눈을 밝히려면 남을 위해 살아야 한다. 남의 생각, 남의 걱정만 하고 남을 위해 산다면 마음의 눈이 자꾸 밝아질 것이다.”

"그럼 남들과 거꾸로 살아가란 말입니까?”

"그래, 세상과 거꾸로 사는 것이 불교다.”

---

3 생태학(生態學): 생물의 생활 상태, 생물과 환경의 관계를 연구하는 생물학의 한 부문.

4 공해(公害): 산업의 발달과 교통량 증가에 따라 사람이나 생물 및 자연이 입는 피해. 자동차의 매연, 공장의 폐수, 쓰레기 따위로 공기와 물이 더러워지고 자연환경이 파괴되는 따위.

세상은 전부 내가 중심이 되어 나를 위해 남을 해치려고 합니다. 그러나 스님은 나를 완전히 내버리고 남을 위해 살아야 한다고 합니다. 그러므로 불교는 세상과 거꾸로 사는 것이라는 말입니다.

한 사람이 물었습니다.

"남을 위하다가 내가 배고파 죽으면 어떻게 되겠습니까?"

"설사 남을 위하다가 배고파 죽는다고 해도, 그것이 근본이 되어 내 마음이 밝아지는 것이다."

"마음이 밝아지면 무슨 이익이 있습니까?"

"내가 본래 부처라는 것을 확실히 알게 된다."

6. 어느 어머니의 삼천 배

어느 해 겨울이었습니다. 한눈에 보기에도 가난해 보이는 50대 초반의 한 부인이 백련암을 찾아왔습니다. 부인은 성철 스님을 뵙자 먼저 울음부터 터뜨렸습니다. 걷잡을 수 없이 울면서 말했습니다.

"큰스님, 저는 어떻게 살아야 합니까?"

부인은 눈물을 닦을 생각도 않고 스님을 쳐다보며 하소연을 했습니다. 성철 스님은 좌선 자세로 앉아 따뜻이 위로했습니다.

"중생이 갖가지 고통을 겪고 살아야 하는 이 사바세계는 괴로움이 많은 곳이니 고통이 있는 것이 당연하지요. 그런데 보살님은 무슨 고통이 있어 찾아왔습니까?"

보살이란 절에서 나이 든 부인을 대접하여 부르는 말입니다.

잠시 후 부인은 울음을 멈추고 사연을 말했습니다.

"저는 일찍이 남편이 세상을 떠나 혼자 농사를 지으며 두 딸과 아들을 키우며 살아왔습니다. 저는 남편이 남긴 뜻을 받들어 마소처럼 열심히 일하며 외아들을 법대에까지 보냈습니다. 그런데 아들은 나날이 성격이 비뚤어지고 공부는 전혀 할 생각도 하지 않습니다."

"잘 타일러 보셨습니까?"

"열심히 공부하여 가문을 빛내 달라고 눈물로 수없이 타일러 봤지만, 소귀에 경 읽기일 뿐입니다. 졸업이 가까운 요즘은 날마다 술만 마시고 거의 부랑자가 되다시피 했습니다. 큰스님, 이 일을 어찌합니까? 차라리 죽어 버리고 싶습니다. 제발 제 아들을 구해 주십시오."

이윽고 두 눈을 지그시 감고 듣던 스님이 말했습니다.

"내 말대로 하시겠습니까? 그러면 보살님의 고통은 사라지고 즐거움이 올 것입니다."

"큰스님, 정말입니까? 자식이 본래 마음으로 돌아온다면 무슨 일이든 하겠습니다. 말씀해 주십시오."

"오늘부터 몸과 마음을 깨끗이 하고 부처님 앞에 나아가 하루에 삼천 번씩 절을 하십시오. 그러면서 부처님께 소원을 비십시오. 아들의 마음이 돌아올 때까지 삼천 번씩 절을 하는 겁니다. 아시겠습니까?"

"아들을 위한 일이라면 무엇이든 하겠습니다. 정말 부처님께 날마다 삼천 번씩 절을 올리면 아들의 마음이 돌아올까요?"

"걱정 마십시오."

그날부터 부인은 부처님 앞에 나아가 날마다 삼천 번씩 절을 하기 시작했습니다.

부인이 삼천 번 절을 시작한 지 얼마 지나지 않은 어느 날 밤, 술에 취한 아들은 우연히 잠든 어머니의 두 무릎을 보았습니다. 피멍이 들고 껍질이 벗겨진 어머니의 무릎을 보며 아들은 왠지 등골이 서늘해지는 느낌을 받았습니다. 이유도 모르는 채 그저 어머니가 가엾어서 엉엉 울음을 터뜨렸습니다. 아들은 울면서 어머니를 흔들어 깨웠습니다.

"어머니, 무릎이 왜 이렇게 됐습니까?"

어머니도 아들을 안고 함께 울음을 터뜨렸습니다. 마침내 아들은 어머니의 무릎이 멍든 까닭을 알게 되었습니다.

"어머니, 불효자식을 용서해 주세요."

다음날부터 아들은 전혀 다른 사람이 되었습니다. 친구도 만나지 않고 오직 책과 씨름하며 열심히 공부를 해 법관 시험에 합격했다고 찾아와 손수건으로 눈물을 훔쳤습니다.

7. 세상을 행복하게 하려는 마음이 보살

어느 날, 다 떨어진 누더기 옷을 입고 가파른 백련암 길을 오르던 스님에게 서울에서 사람이 찾아왔습니다.

"스님께서 나랏일을 바르게 처리하는 데 도움을 줄 수 있는 국정자문위원이 되셨습니다. 그래서 높은 분께서 한 번 뵙기를 원하십니다."

그 신사는 당연히 성철 스님께서 기뻐하리라 믿고 있었습니다. 그러나 스님은 조용히 웃으며 거절했습니다.

"그런 일은 수도승이 원하는 바가 아닙니다. 그리고 높은 분께서는 정치만 깨끗이 하면 되지, 산속에 있는 중을 만나서 무엇을 하겠다는 겁니까?"

다른 사람 같으면 높은 분의 손을 잡은 사진이 신문이나 방송에 나오기를 바라겠지만, 스님은 그렇지 않았습니다. 그 신사는 다시 한번 높은 분을 만나도록 간청했습니다. 그러나 스님은 단호하게 말했습니다.

"부처님 앞에 나아가 삼천 번 절을 하고 오시오."

그리고는 가파른 길을 계속 올라갔습니다.

다음날 그 신사가 다시 찾아왔습니다.

"스님, 삼천 배를 하고 왔습니다. 나라를 위해서 부디 국정자문위원이 되는 것을 허락해 주십시오."

"알았소, 내려가시오."

신사의 청을 허락했으나, 스님은 한 번도 회의에 직접 참석하지는 않았습니다.

얼마 후 성철 스님은 많은 스님 앞에서 다음과 같이 말했습니다.

"길게 뻗은 만리장성은 거품 위의 장난이요, 웅대한 천하 통일은 어린아이의 희롱이로다. 사람들이여, 칼날 위에서 추는 춤을 멈추고 깨끗한 마음에서 주인공을 찾아라."

만리장성이나 천하 통일은 무한한 마음에 비하면 장난처럼 보인다는 스님의 커다란 정신을 엿볼 수 있는 말입니다. 이러한 정신을 가진 스님이 한 나라의 높은 지위나 권력 앞이라고 해서 눈 하나 깜짝할 리가 없었습니다.

어느 해 여름, 나라의 정치를 걱정하는 사람들이 모여 성철스님의 말씀을 기다렸습니다. 잠시 후 스님이 입을 열었습니다.

"각기 마음이 깨끗하고 맑으면 곧 국토가 깨끗하고 맑게 되고, 국토가 깨끗하고 맑게 되면 곧 이 땅에 극락정토가 나타나는 것이다."

짧게 법문을 끝내자, 한 젊은이가 여쭈었습니다.

"큰스님, 지금 국민과 학생들은 민주주의의 실천을 부르짖으며 싸우고 있습니다. 또 많은 양심적인 사람들이 감옥에 갇혀 고통을 받고 있습니다. 큰스님, 이러한 나라의 당면한 문제에 대해 한 말씀 부탁드립니다."

스님은 두 눈을 꼭 감았다가 이내 눈빛을 반짝반짝 빛내며 힘 있게 말했습니다.

"민주주의란 얼마나 좋은 말이냐? 그런데 왜 어떤 정치인은 민주주의를 외면하고 국민에게 생활의 고통을 준단 말인가? 이는 정치인이 정치를 개인적인 욕심으로 하기 때문입니다."

8. 나는 물러가는 늙은이

성철 스님은 정치를 걱정하는 사람들을 향해 말을 계속 이었습니다.

"정치인의 마음이 깨끗하고 맑지 못하기에 나라가 혼란스럽고 고통받는 사람이 생기는 것이다. 모든 사람은 깨끗하고 맑음 마음을 갖도록 노력해야 한다. 이 땅에 하루빨리 민주주의의 깃발이 올라야 한다. 그러기 위해서는 마음이 깨끗한 사람들이 용기와 신념을 가지고 어떠한 고통에도 굴하지 말고 민주의 깃발을 올리는 데 앞장서라. 세상을 평안하고 행복하고 깨끗하고 맑게 하려는 마음이야말로 진정한 보살의 마음이다."

세상 사람들은 대부분 남 앞에 나서고, 남보다 높아지고 싶은 것이 보통입니다. 그러나 성철 스님은 일생에 단한 번도 남 앞에 나서지 않았습니다. 스님은 어느 책 앞글을 지으며 스스로 물러가는 늙은이라는 표현을 했습니다.

스님은 평소에도 제자들에게 다음과 같이 가르쳤습니다.

"실로 높아지고 싶으면 먼저 내려서라."

　불교 신자들이 여의도 광장에서 큰 모임을 가진 적이 있습니다. 그때 모임을 진행하는 대표가 성철 스님을 찾아왔습니다.
　"스님을 여의도로 모시고 싶습니다."
　그러나 스님은 사양했습니다.
　"여의도에 모여서 하는 포교 방법은 잘한 일이다. 그러나 나는 산에서 내려갈 생각이 없다."
　"스님이 내려오시면 포교에 많은 도움이 됩니다."
　"남에게 보이기 위한 포교도 중요하지만, 불교가 갖는 본래 뜻은 그보다 다른 차원에 있다."

　언제인가는 합천 해인사 주지 자리를 놓고 스님들이 서로 다툰 적이 있습니다. 그러다가 결국 양쪽 스님들은 성철 스님을 주지 스님으로 모시기로 결정했습니다. 그러나 성철 스님은 한 걸음 물러나 주지 자리를 사양했습니다. 남들은 서로 다투어 앉겠다고 하는 주지 자리를 스님은 거절했던 것입니다.
　불교 종단의 얽히고설킨 이해관계 때문에 말썽이 계속되

자, 성철 스님은 우리나라 불교의 최초 우두머리인 종정으로 추대되었습니다. 처음에는 사양했으나, 종단5의 화합과 발전에 도움이 되기 위해서라는 스님들의 의견을 끝까지 외면할 수는 없었습니다.

그러나 스님은 행정 분야에 직접 참여하지 않았습니다. 종정의 권위와 종단의 안정에 도움이 되지 않는다고 생각했기 때문입니다. 그러자 사람들은 포교를 위해서 스님이 고집을 버리고 산에서 내려와야 한다고 주장했습니다. 스님은 모든 사람이 자기 자리를 지키는 것이 가장 큰 포교라고 하며, 산을 지키는 일을 게을리하지 않았습니다.

성철 스님이 20년 넘게 해인사에 있었는데도 불구하고, 스님의 제자들은 아무도 주지 자리를 맡지 못했다고 합니다. 스님은 제자들이 명예와 이익을 떠나 오로지 고된 수행을 계속하기를 바랐기 때문입니다.

---

5 종단(宗團): 종교 또는 종파의 단체.

9. 어린이는 천진한 부처님

　성철 스님은 특별한 분이 아닙니다. 신비하거나 위대한 사람도 아닙니다. 다만 맑고 바르게 사는 것이 무엇인지 깨닫기 위해 산에서 오랫동안 머물던 스님이었습니다.

　스님의 체험과 정신세계는 높은 산봉우리면서 어린이들에게는 인자한 할아버지요 좋은 친구였습니다. 마음이 깨끗하지 못한 어른들이 찾아가면 혼내 주었지만, 어린이들은 만나면 그저 좋아서 어쩔 줄 몰라 했습니다.

　스님이 어린이를 좋아한 까닭은 어린이들이 천진하기 때문입니다. 그래서 스님은 어린이를 때 묻지 않은 천진한 부처님이라고 불렀습니다.

　한 신도가 설날을 맞아 스님에게 세배를 올리러 갔습니다. 그때 스님의 방에 예쁘고 귀여운 아이들의 얼굴이 담긴 달력이 걸려 있는 것을 보고 신도가 물었습니다.

　"스님, 어디서 저런 달력을 구해 걸어 놓으셨습니까?"

　"왜? 마음에 들지 않느냐?"

　"예, 제가 좀 점잖은 그림이 담긴 달력을 하나 구해 드리고 싶어서요."

"그만두어라. 자네는 집에 부처를 모셔 놓았느냐? 재료가 무엇이냐?"

"비싼 수입 목재에다 일류 조각가가 조각을 한 것입니다."

"나무토막에다 금도금을 하면 뭐 하냐? 그건 그냥 나무토막일 뿐이다."

"자네, 애들 있지?"

"예."

"그 아이들이 진짜 부처야. 그러니 어린이를 집안의 제일 큰 부처님으로 모시도록 해라."

"알겠습니다."

신도는 스님의 말씀을 금방 알아듣고 고개를 끄덕였습니다. 어느새 스님은 신도의 아이를 무릎에 앉혀 놓고 귀여운 듯 머리를 쓰다듬고 있었습니다. 스님이 아이의 귀에 뭐라고 말하자 아이는 깔깔깔 웃었습니다. 그러자 신도는 아이가 버릇없다며 스님에게서 떼어놓으려 했습니다.

"얘야, 밖에 나가 놀아라."

그때 스님이 신도에게 말했습니다.

"모든 생명에는 불성이 있다고 했다. 자네는 불성이 뭔지 아느냐?"

"부처님 성품, 부처님 마음이란 뜻이 아닙니까?"

"그렇다. 우주 만물 모든 것에 감추어져 있는 본래의 참모습이며, 우주 만물을 이루게 하는 기운이다. 그런데 왜 어린이를 무시하고 천대하느냐?"

"스님, 그게 무슨 뜻입니까?"

"불성은 끝없는 지혜이며 능력이고, 무한한 가능성의 씨앗이다. 어린이도 그와 같다."

스님은 우주 만물 모든 것은 본래 불성을 지니고 있다고 했습니다. 우리 모두 불성을 지닌 까닭에 부처가 될 수 있다고 했습니다. 그런데도 우리가 불성을 보지 못하는 이유는 욕심과 화냄과 어리석음, 이 나쁜 세 가지 마음 때문이라고 합니다. 우리의 온갖 나쁜 마음도 이 세 가지 때문에 생긴다고 합니다.

그러나 어린이는 이 세 가지 나쁜 마음에 가려져 있지 않아서 부처님의 친구이자 성철 스님의 친구가 될 수 있었던 것입니다. 어린이의 몸속에는 얼마든지 자랄 수 있는 지혜와 능력, 그리고 부처님의 마음이 고요히 숨을 쉬고 있다고 했습니다.

7부

1. 나도 갈 때가 됐나 보다

1993년 해인사.

겨울이 막 들어설 무렵인 10월 31일 저녁부터 11월 1일 아침까지 첫눈이 흩뿌리듯 내렸습니다. 저녁노을처럼 가야산을 붉게 물들이던 가을 잎들은 산 중턱으로 부는 맞바람에 우수수 쏟아지고 있었습니다.

첫눈이 그친 지 이틀이 지난 11월 3일 오전 10시, 해인사에서는 흔치 않은 불교 의식이 행해졌습니다. 해인사에 보관되어 있는 우리나라 국보 제32호 '고려대장경' 경판[1]이 서울로 첫나들이 하는 것을 부처님께 알리는 행사였습니다.

'고려대장경'은 1251년 10월에 강화도에서 완성되어있으며, 조선 초기에 해인사로 옮겨진 이래 지금까지 보관되어왔습니다. 1993년 11월 9일부터 12월 19일까지 서울에

---

1 경판(經板): 간행하기 위해서 나무나 금속에 불경을 새긴 판.

있는 국립중앙박물관에서 열리는 '한국의 책 문화 특별전'
에 선보이기 위해서입니다.

이날따라 성철 스님은 갑자기 몸이 이상해지는 것을 느꼈습니다. 심장병을 앓고 있었던 스님은 지난 4월부터 금강굴이라는 암자에서 요양을 해왔습니다. 성철 스님이 위독해지자 제자 스님들은 원래 계시던 퇴설당으로 스님을 부축해 옮겼습니다. 퇴설당은 대장경을 보관하는 장경각 옆에 있는 스님들의 선방입니다.

올가을 들어 여러 번 가야 할 때가 됐다고 말씀하신 성철 스님은 대장경이 해인사를 떠난다는 소식을 듣고 제자들에게 말씀하셨습니다.

"나도 이제 갈 때가 됐나 보다."

그날 밤 가야산의 마지막 단풍이 지고 있었습니다. 살아 있는 전설의 주인공이자 한국의 큰 별이 떨어질 자리를 마련하기라도 하듯 단풍잎은 조용조용 쌓였습니다.

1993년 11월 4일 아침 7시. 스님은 제자들을 불렀습니다.

"너무 오래 세상에 머문 것 같다. 이제 가야 하나 보다. 참선 잘해라."

그리고 스님은 다음과 같은 시를 남겼습니다.

평생동안 사람들을 속였으니

그 죄가 하늘을 넘치고 큰 산보다 크구나

산 채로 아주 괴로운 지옥에 떨어질 것 같아

그동안 죄지은 것이 몹시 후회된다.

푸른 산등성이에 걸린 해처럼

진리는 찬란하게 빛나는구나.

성철 스님은 여느 때와 다름없이 조용한 가운데 제자들에게 몸을 일으켜 달라고 했습니다. 제자 스님들이 몸을 일으키자 몸을 바르게 한 채 평화롭게 눈을 감으셨습니다. 이렇게 성철 스님은 올려다보면 흰 구름이요, 내려다보면 푸른 산뿐인 산속에서 수도자로 지낸 58년의 생을 마쳤습니다. 세상의 빛을 본 지 82년 만에 영원히 눈을 감은 것입니다.

범종각에 있는 범종2은 108번을 울며 온 가야산을 흔들었습니다. 스님이 돌아가신 걸 알기라도 하듯 첫눈을 이고, 희끗희끗 빛나던 가야산은 이마를 숙이며 슬퍼하였습니다.

---

2 범종(梵鐘): 절에서 대중을 모으거나 시각을 알리려고 매달아 놓고 치는 큰 종.

2. 가야산에 살았던 아버지와 딸

성철 스님은 엄격한 수도를 해 오며 사람들의 마음속에 큰 자취를 남기고 흙과 바람 속으로 돌아갔습니다. 평소에 자기 스스로 남을 속이고 있다고 겸손해하던 스님은 제자들에게 남을 속이지 말라고 당부하셨습니다. 속이지 않는 것이 스님 노릇뿐만 아니라 사람 노릇을 잘하는 길이라고 말씀하셨습니다.

"필아. 필아."
성철 스님께서 돌아가시기 전에 안타깝게 부른 이름입니다.
스님이 돌아가실 때 곁에서 자리를 지켰던 불필 스님은 성철 스님의 오직 하나뿐인 혈육입니다. 키가 작고 동그란 얼굴에 두툼한 귀가 인상적인 분입니다.
성철 스님은 1931년 스물한 살 되던 해에 이덕명이라는 이웃 고장의 처녀와 결혼을 하였습니다. 그런데 아내가 임신한 줄도 모르고 홀연히 스님이 되어 속세와 인연을 끊은 것입니다.

그 후 딸아이가 태어났는데, 이름을 수경이라 지었습니다. 어머니와 아내는 수경이를 업고 성철 스님의 마음을 돌려보려고 절을 찾았습니다. 그러나 스님은 문을 걸어 잠근 채 만나 주지 않았습니다.

세월이 흘러 진주사범학교를 졸업한 수경이는 아버지의 뒤를 따라 스무 살 때 스님이 되었습니다. 성철 스님의 부인 역시 딸이 스님이 된 지 얼마 안 되어 산에 들어가 수도 생활을 시작했습니다.

어느 날 한 신문 기자가 스님에게 물었습니다.

"큰스님, 부모와 아내와 딸까지 버리고 스님이 되는 것은 스님의 이기심 때문이 아닙니까?"

성철 스님이 대답했습니다.

"집을 떠나 스님이 되는 것은 조그만 가정과 가족을 버리고 더 큰 가족인 사회와 국가를 위해 사는 거야."

불필 스님이 불필이란 법명을 얻기 전에 아버지인 성철 스님을 처음으로 만난 것은 1972년이었습니다. 그전에도 불필 스님은 여러 차례 아버지를 만나려 했지만, 번번이 거절당했습니다.

마침내 불필 스님의 스승인 인홍 스님의 주선으로 만나

게 되었을 때 수경이 성철 스님께 여쭈었습니다.

"성철 스님, 딸인 저에게 법명을 하나 지어 주십시오."

그러자 성철 스님이 대답했습니다.

"이미 속세의 인연을 끊은 사람이 어찌 아버지가 되겠느냐. 너는 내 수도 생활에 필요 없는 사람이로다."

그때부터 수경이의 법명은 필요 없다는 뜻을 지닌, 불필이 되었습니다. 마치 석가가 아들이 수도 생활에 장애가 된다는 뜻으로 라후라라는 이름을 지은 것과 같습니다. 불필 스님은 보현암에서 고아나 불우한 어린이를 데려다 키우며 수도 생활을 하였습니다.

3. 누더기 한 벌과 몽당 색연필

 장례는 성철 스님이 남긴 뜻을 받들어 장엄하면서도 간소하게 치르기로 했습니다. 입관식이 끝난 며칠 후인 1993년 11월 10일 오전, 성철 스님의 관(법구)을 영결식장으로 옮겼습니다. 불필 스님도 관을 들어서 옮기는 데 참여했습니다.

 많은 신도가 슬픔을 가누지 못한 채 관을 향하여 두 손을 모으고 합장을 하였습니다. 가야산 소나무 숲과 잡목도 슬픔을 머금은 채 영결식장을 지켜보고 있었으며, 하늘도 슬픔의 눈물을 흘리는 듯 가랑비를 계속 뿌렸습니다.

 스님의 영결식장에서 다비장까지는 20여만 명에 달하는 사람들과 2천여 개의 만장이 숲을 이루었습니다. 다비란 옛날 인도 지방의 말로 '태운다'라는 뜻인데, 다비식은 불로 태우는 불교 고유의 장례 의식을 말합니다.

 스님은 시신(법체)이 안치된 철판 주위의 참나무 장작으로 겹겹이 쌓은 후 그 위를 연꽃으로 장식하고 나서 불을 붙입니다. 다비장은 전통적으로 숯, 참나무, 짚이엉, 물 먹인 가마니, 광목 등으로 설치합니다.

스산한 가랑비 속에서도 불길은 잘 타올랐습니다. 신도들은 간절히 무언가를 애원하듯 '나무 아비 타불'을 읊조렸습니다. 그 바람에 산 전체가 거대한 불당으로 변했습니다.

다비식이 있던 날, 사람들은 백련암 뒤편 촛대 바위에서 붉은 빛기둥이 세 번이나 하늘로 솟는 것을 목격했습니다. 스님의 법력이 하늘로 뻗치는 것이라며 모두 그 빛을 향하여 합장을 했습니다. 신도들은 그 빛을 보고 큰스님이 극락왕생하신 증거라고 말하며 눈시울을 붉혔습니다.

성철 스님이 돌아가시자 사람들은 마음 한구석에 기둥이 뽑혀 나간 듯 허전하고 쓸쓸해하였습니다. 마치 한국 불교의 모든 것을 가지고 계시다 전부 가지고 떠난 것 같은 기분이 들었습니다.

며칠 수 성철 스님께서 남기신 물건이 사람들에게 공개되었습니다. 그동안 스님이 지니고 있던 물건이래야 50년 입은 누더기 한 벌, 30년 사용한 지팡이, 20년 쓴 삿갓 하나, 다 닳은 검정색 고무신, 낡은 겨울 덧버선, 양말 한 켤레, 20년이 넘은 안경, 반도막 색연필 하나, 30년 전에 나온 볼펜, 2백 자 원고지, 50년대 공책, 수십 년 된 종이 양면에 불경을 해설해 놓은 것, 장삼3과 바리때4, 안거증, 승려증, 책 6천 권이 전부였습니다.

스님의 검소했던 모습을 확인한 사람들은 더욱더 마음속 깊이 스님을 공경하게 되었습니다. 사람은 누구나 많은 것을 갖고 싶어 합니다. 그리고 욕심에 사로잡힌 마음 때문에 고통스러워합니다. 그러나 아무것도 갖지 않고 살아가기란 어렵습니다. 살아가는 데 불편하기 때문입니다. 모든 욕심을 헌신짝처럼 버리고 이렇게 사소한 것만 남긴 스님의 깨끗하고 맑은 삶에 사람들은 머리를 숙였습니다.

스님은 돌아가시지 한 달 전에 그동안 계획하고 준비했던 책들을 제자들을 시켜 완성했습니다. 『선림고경총서』라는 책은 옛날 한국과 중국 선사5들이 선6 수행을 하던 과정이나 뒷이야기를 모은 것입니다. 이 책은 모두 37권으로 올바른 불교 공부를 하는 데 도움이 될 귀중한 자료입니다.

---

3 장삼(長衫): 검은 베로 길이가 길고 소매를 넓게 만든 승려의 웃옷.

4 바리때: 승려가 쓰는, 나무로 대접같이 만들어 안팎에 칠을 한 그릇.

5 선사(禪師): ① 선종(禪宗)의 법리에 통달한 법사. ② '승려'의 높임말.

6 선(禪): ① 삼문(三門)의 하나. 마음을 가다듬어 번뇌를 끊고 진리를 깊이 생각해서 무아(無我)의 경지에 드는 일. ② '선종(禪宗)'의 준말. ③ '좌선'의 준말.

10여 년 전부터 제자의 간청을 허락하여 스님의 말씀을 모아 놓은 법어집도 11권이나 되었습니다. 그중 가장 먼저 나온 『선문정로』라는 책은 성철 스님의 생각을 엿볼 수 있는 아주 적당한 책입니다.

4. 오색영롱한 사리의 비밀

큰 나무도 가까이서 보면 크다는 것을 모르는 수가 있습니다. 성철 스님이 바로 그런 분입니다. 그러나 스님을 가장 가까운 곳에서 정성껏 모신 사람 중에는 스님들뿐 아니라 허드레 일꾼이나 부엌일을 하는 사람도 있었습니다.

14년간 성철 스님을 모시며 허드렛일을 해 온 김광지 할아버지는 스님으로부터 밥 많이 먹고 일 많이 하라는 농담을 수없이 들어왔습니다.

하루는 성철 스님이 김 노인을 불러서 백련암 창고로 데리고 갔습니다. 창고 문을 여니 20년 전부터 성철 스님께서 준비해 놓은 굴참나무 장작이 가득 차 있었습니다.

성철 스님이 김 노인에게 말했습니다.

"나 죽거든 이 장작을 가져다가 화장해다오."

"알겠습니다."

"그러려면 김 노인, 너 밥 많이 먹고 나보다 오래 살아라."

"알겠습니다, 스님."

김 노인은 이 약속을 지키기 위해 백련암에서 연화대까

지 밤이 늦도록 장작을 날랐습니다. 그리고 다비장 한 켠에서 스님을 태우는 장작불이 사그라들 때까지 불씨를 지켜보며 눈물을 글썽였습니다.

다비식이 끝나면 구슬 모양의 유골인 사리가 나오는데, 사람들은 훌륭한 스님에게서는 '얼마나 많은 사리가 나올까' 하는 관심을 갖습니다.

사리는 참된 수행과 금욕의 결과로 생겨나는 마음의 열매가 분명합니다. 모양과 빛깔이 여러 가지이며, 성분이 무엇인지 과학적으로 밝혀지지 않았기에 사리는 아직까지 신비의 대상으로 남아있습니다.

사람들은 성철 스님께서 항상 몸과 마음을 깨끗이 하고, 현미밥과 콩, 솔잎 등 담백한 식생활을 하며, 10년 동안 눕지 않고 앉아서 수행하는 등 수행 생활이 남달라 사리도 분명 다를 것이라고 기대했습니다.

우리나라에서는 372년 고구려 소수림왕7 때 불교가 전래 된 이후 다비식이 행해져 왔습니다. 이때부터 구슬 모양

---

7   소수림왕(小獸林王, 재위: 371년~384년): 고구려의 제17대 왕.

의 사리8는 신비로운 신앙의 대상이 되었습니다.

또한 594년 신라 진흥왕9 때 중국 양나라에서 처음 부처님 사리를 받아 흥륜사에 모셨습니다. 또 선덕여왕10 때는 자장율사가 당나라 문수보살11로부터 부처님 사리를 얻어 통도사 금강계단에 모셨다고 합니다.

부처님 몸에서 나온 사리는 현재 전 세계 곳곳에 나누어져 있는데, 우리나라는 오대산 상원사와 양산 통도사에 모셔져 있습니다.

사리는 뼈와 살, 머리카락 등 몸 전체에서 나옵니다. 보통 사리의 숫자에 따라 스님의 법력을 가늠하나, 반드시 그렇다고 할 수는 없습니다.

그러나 성철 스님이 남긴 사리의 영롱한 색깔은 정말 눈이 부실 정도였습니다. 스님의 머리, 가슴, 아랫배 등에서 골고루 사리가 나왔습니다. 그 가운데 머리 부분에서 나온

---

8 사리(舍利·奢利): ① 부처나 성자의 유골. 사리골(舍利骨). 불사리(佛舍利). ② 부처의 법신(法身)의 자취인 경전(經典).

9 진흥왕(眞興王, 재위: 540년~576년): 신라의 제24대 왕.

10 선덕여왕(善德女王, 재위: 632년~647년): 신라의 제27대 왕. 신라 최초의 여왕이다.

11 문수보살(文殊菩薩): 여래(如來)의 왼쪽에 있는, 지혜를 맡은 보살. 문수.

사리는 신비로워 보이는 우윳빛 광채를 띠었습니다.

장례 위원회에서는 성철 스님의 몸에서 모두 110과의 사리가 나왔다고 발표했습니다. 과는 사리를 세는 단위입니다. 이것은 지금까지 우리나라 스님 중에서 가장 많이 나온 숫자이며, 전 세계에서도 부처님 다음으로 많이 나온 것입니다.

사람들은 한국 불교 사상 가장 많은 사리를 남긴 성철 스님의 법력에 감동했습니다. 신문과 텔레비전에서도 스님의 사리에 대해서 연일 크게 다루었습니다.

49일제가 끝난 뒤 성철 스님의 사리는 사리함에 넣어져 스님이 머물던 백련암과 퇴설당에 안치[12]되었습니다.

그 후 사리를 모시는 부도탑이 완성되자 해인사를 비롯하여 스님의 제자들이 주지로 있는 사찰에 골고루 나뉘었습니다.

이 사리는 앞으로도 영구히 보존될 것입니다. 그리고 한국 불교의 큰 별이자 우리나라의 위대한 스승인 성철 스님 또한 사람들에게 영원히 기억될 것입니다.

---

12 안치(安置): ① 안전하게 잘 둠. ② 신불의 상(像)·위패·시신(屍身) 등을 잘 모시어 둠.

소설 『성철-누더기 한 벌과 몽당 색연필』 해설

1.

공광규 시인이 쓴 한국 불교 현대사의 큰 거목인 성철 스님의 행장을 소설로 읽어가면서, 새삼 오래전 돌아가신 성철 스님의 가르침과 향기에 다시 젖어보는 시간을 가졌습니다.

성철 스님은 1912년 음력 2월 19일 경상남도 산청에서 태어났습니다. 속명은 이영주(李英柱)이고, 법명은 성철(性徹)입니다. 법호는 퇴옹(退翁)입니다. 성철 스님은 25세 되던 1936년 봄 가야산 해인사로 출가했습니다.

그 해 운봉화상에게 비구계(승려가 지켜야 할 계율)를 받은 후 범어사 금어선원에서 하안거를 시작으로 범어사 원효암, 통도사 백련암 등 선원에서 수행했습니다. 28세인 1939년 경북 은해사 운부암 등 수많은 암자에 거하면서 수행의 길을 걸었습니다.

1947년 문경 봉암사에서 '부처님 법대로 살자'는 주장을 하여 '봉암사 결사'를 통해 일제강점기 훼손되었던 한국불교를 바로 세우는 운동을 주도했습니다. 1955년에는 대구 팔공산 파계사 성전암으로 들어가 암자 주변에 철망을 치고 10년을 밖으로 출입하지 않고 수행했습니다. 이를 '동구불출'이라고 합니다.

1965년 김용사에서 여러 사람 앞에서 처음 대중법문을 시작했습니다. 1967년 해인총림 초대방장에 취임하였고, 그해 겨울 동안거 때 해인사 대적광전에서 유명한 '백일법문(百日法門)'을 설했습니다.

1981년 1월 대한불교 조계종 제6대 종정에 추대되었습니다. 이때 '산은 산이요, 물은 물이로다'라는 유명한 법어를 남겼습니다. 이 법문으로 스님의 이름이 많은 사람의 입에 오르내렸습니다. 그러면서 한국 불교의 대중화가 시작되었습니다.

스님은 1993년 11월 4일 해인사 퇴설당에서 '참선 잘하라'는 마지막 한 말씀을 남기고 열반에 들었습니다.

2.

이 소설에는 제가 대부분 아는 성철 스님의 생애와 일화, 좋은 말씀들이 빼곡히 담겨 있습니다. 그렇기 때문에 독자들은 이 소설을 통해 한국 불교의 중흥을 위해 애쓴 스님들의 삶과 함께 불교의 깊은 세계를 여실히 이해할 수 있을 것입니다.

성철 스님을 가까이서 모신 원택 스님의 증언처럼 성철 스님은 평소에 청소년은 물론 아이들 마음은 곧 부처님 마음이라고 하셨습니다. 스님은 어린이들의 다정한 벗으로 널리 알려져 있습니다. 어린이들을 만나면 크게 웃고 또 불러 모아 술래잡기도 했으며, 어떤 때는 춤도 추게 하고 노래도 부르게 했다고 합니다.

특히 스님이 어린이들을 좋아한 이유는 어린이들이 거짓말을 할 줄 모르기 때문이었습니다. 어린이들은 좋으면 좋다, 싫으면 싫다, 더우면 덥다, 추우면 춥다고 솔직하게 말하기 때문이라고 하셨습니다.

반대로 어른들은 어린이들에게 거짓말을 하지 말라고 하면서 자신들은 거짓말을 참말보다 더 많이 하기 때문에 싫다고 하셨습니다. 스님의 방안 벽에는 항상 귀여운 어린아이의 달력 그림이 붙어 있었습니다. 성철 스님이 어린이들과 어울려 놀면서 일어났던 일화가 공광규 시인의 책 『천진한 부처 성철 스님』(2002)에 전하고 있습니다.

어느 해 겨울에도 스님은 절 아랫마을 어린이들과 눈 위에서 놀다가 미끄러졌습니다. 그때도 발목을 크게 다쳐 많은 젊은 스님들이 걱정하였습니다. 그래도 어린이들만 보면 좋아하시며 같이 놀아주는 성철 스님이었습니다.

스님이 주석하던 백련암 주위는 온갖 꽃향기로 가득하지만, 스님은 꽃보다 어린이들이 더 예쁘다고 했습니다. 어린이들이 놀러 와서 재롱을 피울 때가 가장 즐거운 시간이라고 했습니다. 꾸밈없는 마음을 지닌 어린이야말로 진짜 부처님의 친구요, 스님의 친구라고 거듭 말씀하셨습니다.

3.

좋은 운수를 만나서 하는 일이 뜻대로 잘되는 경우 그런 사람을 우리는 행운아라고 말합니다. 우리가 살아가면서 겪는 행운의 종류에는 여러 가지가 있습니다. 가장 흔한 기대치와는 달리 확률이 가장 낮은 돈벼락을 맞는 복권 당첨에서부터, 오늘날 청소년들이 가장 절실하게 바라는 학교에 입학하는 일이나, 사회적 요구인 좋은 직장에 취업하는 일, 가족의 건강 등등 수많은 기대치가 있고, 모두 그 기대치에 다가가는 행운을 만나기를 희망합니다.

불경에 이르기를 수많은 행운 중에 가장 높은 행운은 일생 중에 성인을 만나고 성인의 가르침에 의해 살아가는 것이라고 했습니다. 성인의 반열에 들지는 못 하더라도 우리가 만난 사람 중에 나의 삶을 바로 세워준 훌륭한 스승이 있었다면 그는 분명 행운아입니다.

나는 10대 후반에서 20대의 나이에 그 훌륭한 스승들을 눈만 뜨면 볼 수 있었고, 항상 우리 곁에서 때론 서릿발 같고, 때론 군고구마 냄새나는 할아버지 같은 품으로 다독여주던 분들이 우리나라에서 가장 큰 선지식들이었다는 것이 나를 행복하게 합니다.

당시 해인사는 그야말로 호랑이 굴이었습니다. 산중 가장 큰 어른인 방장은 대한불교조계종 종정이면서 한국 최고의 선지식이었던 성철 스님이셨고, 큰절 옆 용탑선원에는 대한 불교 조계종 종정을 3번이나 역임하셨던 대자비보살인 고암 스님이 계셨으며, 그 옆 홍제암에는 근대 한국 불교의 청규와 계율을 실천하며 몸으로 보이셨던 대한불교조계종 전계대화상이었던 대율사인 자운 스님이 계셨고, 길상암에는 대한불교조계종 총무원장을 수 차례 역임하며 한국불교의 행정질서를 바로 잡은 영암 스님이 계셨습니다.

이 밖에도 이 시절 해인사에는 지월 스님, 혜암 스님, 일타 스님 등 수많은 선지식이 산중에 제각기의 모습으로 그 빛을 나투셨습니다. 선원의 수좌들과 강원의 학인들을 비롯한 산중의 모든 대중들도 다 범 새끼들이었습니다.

4.

방장이셨던 성철 스님은 그 기상이 가히 하늘을 찔렀습니다. 그 칼날 같은 모습은 모든 산중 대중들이 존경하는 마음으로 삼가 조심하는 대상이었습니다. 일주일간 잠을 안 자고 하는 용맹정진 때도 대중들이 힘겹게 정진하다 방장스님께서 큰방에 나투시면 찬바람이 쌩쌩 돌며 정신들을 곧추세웠습니다.

수행하는 우리들이 조금이라도 몸가짐이나 마음가짐에 흐트러진 모습을 보이면 당장 불벼락이 떨어졌습니다. 이같이 수행자로서의 삶을 곧추세워주시던 선지식들이 그 시절 우리 곁에 계셨던 것은 행운 중에 가장 큰 행운일 것입니다.

뿐만 아니라 성철 스님은 모든 권력에 당당하셨습니다. 당시 절대 권력자이던 박정희 대통령이 해인사를 방문하여 방장인 성철 스님을 뵙기를 수 차례 요청했으나, 스님은 3,000배를 하고 오면 허락하겠다 하며 끝내 만나 주지 않았습니다. 이 일화는 산중 대중들뿐만이 아니고 세인들을 놀라게 한 크나큰 사건이었습니다.

청소년과 어린이를 좋아하고 친하게 지냈지만, 모든 권력에 대하여 당당한 모습으로 우리 곁에 계셨던 성철 스님을 비롯하여 여러 선지식들도 이제는 다 입멸하셨고, 그분들이 남긴 얼과 자취는 오늘 우리를 또다시 환희롭게 합니다.

성철 스님께서 남긴 말씀을 공광규 시인이 쉽게 구성한 소설로 다시 만나니 기쁨이 더합니다. 이 소설을 읽는 어른은 물론, 청소년들과 어린이들에게 재미와 기쁨의 환희가 중중 무진하여 마음이 충만하기를 기원합니다.

— 박수완(시인. 현대불교문인협회 회장. 산청 정취암 주지)

성철 연보

1912년(1세)	4월 6일(음력 2월 19일) 경상남도 산청군 단성면 묵곡리에서 태어남. 이름은 이영주(李英柱).
1936년(25세)	봄 가야산 해인사로 출가. 출가할 때 이런 시를 읊음.

"하늘에 넘치는 큰일들은 붉은 화롯불에 한 점 눈송이요

바다를 덮은 큰 기틀이라도 밝은 햇빛에 한 방울 이슬일세

그 누가 잠깐의 꿈속 세상에 꿈을 꾸며 살다가 죽어가랴

만고의 진리를 향해 초연히 나 홀로 걸어가노라"

그 해 운봉화상에게 비구계(승려가 지켜야 할 계율)를 받은 후 범어사 금어선원에서 하안거를 시작으로 범어사 원효암, 통도사 백련암 등 선원에서 수행. 법명은 성철(性徹),

법호는 퇴옹(退翁).

1939년(28세)	경북 은해사 운부암, 금강산 마하연 등 수많은 암자에 거하면서 수행의 길을 걸음. 어머니가 금강산으로 찾아왔으나 만나지 않다가 여러 사람과 함께 금강산 단체 구경을 시켜드림.
1940년(29세)	금강산 마하연에서 하안거.
1947년(33세)	문경 봉암사에서 '부처님 법대로 살자'는 기치로 '봉암사 결사'를 주도. 일제 강점으로 훼손된 한국 불교를 바로 세우기 운동을 시작함.
1955년(44세)	불교 정화 후 해인사 초대 주지로 임명했으니 거절. 대구 팔공산 파계사 성전암으로 들어가 주변에 철망을 치고 10년을 밖으로 출입하지 않고 수행(동구불출).
1965년(54세)	김용사에서 최초의 대중법문을 시작.
1967년(56세)	해인총림 초대방장에 취임하고, 그해 겨울 동안거 때 해인사 대적광전에서 유명한 '백일법문(百日法門)'을 설함.
1976년(65세)	『한국불교의 법맥』 출간. 이후 선림고경

총서 등 수많은 많은 책을 쉽게 간행하여
불교대중화에 앞장섬.

1981년(70세)   1월 대한불교 조계종 제6대 종정에 추대.
이때 취임 식장에 가지 않고 '산은 산이
요, 물은 물이로다'라는 유명한 법어를
내림. 이 법어가 사람들의 입에 오르내리
면서 세인들의 관심을 받는 등 한국 불교
의 대중화를 이끎.

1993년(82세)   11월 4일 해인사 퇴설당에서 '참선 잘하
라'는 마지막 한 말씀을 남기고 열반. 성
철 스님이 남긴 유언(열반송)이 많은 사람에
게 화제가 됨.

일생 동안 미친 남녀의 무리를 속여서

수미산을 덮은 죄업이 하늘이 가득에 가득하다.

산 채로 아비지옥에 떨어져서 한이 만 갈래나 되는데

둥근 수레바퀴가 붉게 내뿜으며 푸른 산에 걸렸다.

生平欺狂男女群(생평기광남녀군)

彌天罪業過須彌(미천죄업과수미).

活陷阿鼻恨萬端(활함아비한만단)

一輪吐紅掛碧山(일륜토홍괘벽산).

소설 『성철』을 전후한 한국사 연표

1912년 독립의금부 수립(임병찬). 일제 강점기 토지조
　　　　사사업 실시(1918년 종료).

1913년 한용운, 조선불교유신론 저술.

2014년 대한광복군 정부 수립(이상설).

2015년 대한광복회 수립(박상진, 김좌진).

2018년 신한청년당 창립(여운영, 김규식)

1919년 대한제국 고종황제 사망.

　　　　3·1 독립운동, 대한민국임시정부 수립,

　　　　의열단 창단. 대한국민회의 창립(손병희).

　　　　사이토, 신임 조선총독으로 부임.

1920년 대한민국임시정부 대일본 무장전쟁 선포.

　　　　봉오동 전투 및 청산리 대첩에서 일본군 대파,

　　　　간도참변 일어남.

1921년 대한독립군단 결성, 자유시 참변.

1922년 상해에서 의열단선언(조선혁명선언) 발표.

1923년 일본 간토대지진 조선인 학살 사건.

암태도 소작쟁의(~1924년).

1925년 조선공산당 창립.

1926년 대한제국 순종황제 사망, 6·10 만세운동. 나운규 감독 '아리랑' 영화 제작

1927년 신간회 결성.

1929년 원산총파업, 광주 학생항일운동.

1930년 평양 고무노동자 총파업.

1931년 만주사변. 조선혁명간부학교 창립. 한인애국단 창설. 우가키, 신임 조선총독으로 부임.

1932년 이봉창, 윤봉길 의거. 하얼빈 쌍성보 전투 대승(한중공동)

1933년 항일 유격대, 함경북도 경원 경찰서 습격.

1934년 조선총독부, '노동 농지령' 선포. 진단 학회 조직.

1935년 난징에 민족혁명당 창설(김원봉 등).

1936년 재만 한인 조국광복회 창립. 일장기 말살 사건.

1937년 항일유격대, 함남 보천보 습격. 조선민족혁명당 창설.

1938년 한글 교육 금지. 조선의용대 창설(중국 내 최초 군대).

1940년 창씨개명 실시. 충칭에서 한국광복군 창설(지청천 등).

1941년 한국광복군 대일선전포고

1942년 조선어학회 사건. 조선의용대 한국광복군에 합류.

1943년 한국광복군, 영국과 연합작전. 조선총독부, 징병 제 공포. 카이로회담(3월 11일 미영중, 적절한 시 기에 한국독립 약속)

1944년 한국광복군, 미국 OSS와 합동작전. 조선총독부, 여자정신대근무령 공포 시행.

1945년 한국광복군 국내 진공작전 계획.

2월 얄타회담(미영소, 소련군 대일 참적 약속).

7월 포츠담 선언(미영중소, 일본의 무조건 항복 요 구. 한국의 독립 확인).

8.15 해방. 건국준비위원회 발족(8.15). 미국과 소 련, 남북에서 군정 실시.

1948년 5월 10일 남한 총선거.

1948년 8월 15일 남한 대한민국 정부 수립.

1948년 9월 9일 북한 조선민주주의인민공화국 정부 수립.

1950년 6월 25일 한국전쟁 발발.

1952년 전쟁 중.

1953년 7월 27일 휴전 협정 조인.

1960년 4월 19일 4·19 혁명 시작.

1960년 4월 26일 이승만 대통령 하야.

1961년 5월 16일 박정희 등이 5·16 군사 정변을 일으켜 정
권 장악.

1961년 12월 26일 일본 독도 영유권 주장.
정부 항의각서 전달.

1962년 3월 24일 박정희 최고의장, 대통령 권한대행.

1963년 12월 21일 노동자 첫 해외 진출,
광부 1진 123명 독일로 출국.

1964년 10월 31일 대한민국과 월남 간에 파병 협정 체결.

1965년 6월 22일 대한민국과 일본 간에 한일기본조약이
조인되어 국교 정상화.

1968년 12월 5일 국민교육헌장 선포.

1970년 11월 13일 노동운동가 전태일 분신 사건.

1970년 8월 15일 남북평화통일에 관한 8.15선언 발표.

1976년 3월 1일 김대중, 윤보선, 함석헌, 함세웅,
정일형 등이 민주구국선언문을 발표.

1978년 11월 7일 한미연합군사령부 발족.

1979년 4월 25일 한·소 국제전화 개설.

1979년 10월 26일 10·26 사건이 일어남.

　　박정희 대통령이 피격당해 서거.

1979년 12월 12일 12·12 군사 반란.

1980년 5월 18일 5·18 광주민중항쟁.

1983년 6월 30일 KBS 이산가족 찾기 생방송 시작.

1987년 6월 민주항쟁.

1988년 9월 17일 1988년 서울올림픽 개막.

1991년 9월 18일 남북한 유엔에 동시 가입.

1993년 3월 12일 북한이 핵 확산 금지조약 탈퇴 선언.